Fausto Bertolini

L'amore ai tempi del cole-*sterolo*

Gilgamesh Edizioni

A Giusy, con la quale
ho scambiato
il primo bacio a settant'anni
e con un cuore bypassato

1

Sono diventato un vecchio orso brontolone.

A essere sinceri, l'attacco che avevo pensato non era proprio questo.

Era quest'altro, sono diventato un vecchio orso spetazzone. Colpa di tutte quelle pastiglie che ingoio ogni giorno da quando sono stato operato al cuore. Mi hanno spampanato le budella.

So bene che un attacco come quello dell'orso che loffieggia mi rovina la reputazione. E che farà storcere il naso a qualche lettore perbenista. E so altrettanto bene che l'editor che prenderà in esame l'inedito farà una smorfia disgustata. Per non dire rattrappita.

Ehi, dirà a qualcuno nei suoi stretti paraggi editoriali, oppure al telefono, ehi, senti questo come attacca. Che te ne pare? Come sarebbe a dire interessante? Insolito, piuttosto. Be', io dico che un attacco così è indecoroso.

Poi proseguirà nella lettura e ci ripenserà.

Perché questo è il racconto di un grande amore. Non ai tempi del colera, ma ai tempi della vecchiaia che non è il colera, ma quasi.

Sono diventato un vecchio orso spetazzone col cuore bucherellato. Ero in casa da solo quella notte quando ha iniziato a sbattere invece di battere.

Addio, ho detto a me stesso, ci vediamo da qualche

parte del Paradiso. Spero. Invece non è andata così. Ho fatto in tempo a chiamare l'autoambulanza che mi ha recapitato dritto in ospedale. Mi hanno fatto analisi, prove da sforzo, coronografia. E poi anestesia, sala operatoria, punture, pillole e flebo... Mi sono svegliato con dei tubi nel naso e due bypass dentro il torace. Però seguitavo a respirare. Se posso respirare, ho pensato, posso ancora amare. Ma, in quello stato, non avrei saputo dire quale donna avrebbe potuto amare me.

2

Florentino Ariza l'aveva spogliata della verginità di un matrimonio convenzionale, che era più perniciosa della verginità congenita e dell'astinenza della vedovanza. Le aveva insegnato che niente di quellò che si fa a letto è immorale se contribuisce a perpetuare l'amore.

Quel pomeriggio stavo leggendo proprio questa frase del noto romanzo di Gabriel García Márquez, *l'Amore ai tempi del colera*, quando, sollevati gli occhi, chi mi vedo di fianco?

Una donna. Sui sessantacinque. Anno più, anno meno. Carina. Stava parlottando con Patate, il mio vicino di letto. Era entrata da poco nella stanza dove eravamo in quattro cardiobucati. Io, Patate, Russatore e Fenicottero. Il nome vero di Patate era Gino. Era detto Patate perché seguitava a chiedere patate. A pranzo e a cena. A volte anche col tè del pomeriggio. Le intingeva nella tazza. Una vera schifezza. Fenicottero si chiamava Mario. Era smilzo e con un collo lungo. Da fenicottero. Russatore si chiamava Aldo. Russava come un bufalo. Io ero soprannominato il Poeta. Un giorno avevo buttato giù una poesiola alla buona per tenere su di morale la combriccola dei cuori infranti.

"Nel nostro cuore infranto/la speranza non si è spenta/. È vero abbiamo il fiato corto/ ma se nel petto batte sempre il cuore/ l'amore ancora non è morto."

C'erano due infermiere e la caposala. Aveva un magnifico didietro. Da Venere *Callipigia*. Avevano applaudito. Da quel momento ero diventato il Poeta. E nell'istante in cui alzai gli occhi da quella frase del grande Gabriel non avrei mai potuto immaginare che quelle parole si potessero adattare alla signora che parlottava con Patate. Si chiamava Alba. Era sua cugina.

3

Per non sembrare indiscreto e curioso, ricordo che mi ero rimesso a leggere il romanzo di Gabriel.

E qualcosa che allora avrebbe dovuto essere la ragione della sua vita. Più che leggere, sbirciavo lei, Alba. Mi affascinava la sua voce. I suoi modi. Il suo volto da ragazzina anche se trafficato da qualche ruga.

L'aveva convinta che uno viene al mondo con le sue polveri contate.

Polveri? Che cavolo c'entrano le polveri nella vita di una persona? Forse si trattava di un errore di traduzione. Sono le ore quelle che c'entrano nella vita di un uomo. Le ore, quelle modulazioni numeriche che scandiscono l'esistenza in maniera inesorabile. Prima di proseguire avevo fatto una smorfia da critico letterario di bassa lega.

E quelle che non vengono usate per qualsiasi motivo, proprio o estraneo, volontario o forzato, si perdono per sempre.

Per sempre, già. Avevo buttato un'occhiatina rapace verso Alba mentre deglutivo. Per sempre, già. Tutto si perde "per sempre". Meno l'amore, avevo pensato. La mia espressione del viso doveva essere perplessa. Un poco anche contratta. Molto scoglionata. Il "per sempre" mi ha sempre iniettato un senso di ineluttabilità. Spaventosa.

Era stato in quel preciso momento che Alba aveva alzato gli occhi da Patate e mi aveva guardato.

Cosa sta leggendo? mi aveva domandato.

Le polveri bagnate, avevo risposto io. E pensavo al mio stato di cardiopatico che non avrebbe più potuto permettersi il lusso di conoscere biblicamente una donna.

Le polveri bagnate? aveva ridacchiato Alba.

Cioè, volevo dire, ore, mi ero messo a farfugliare, però è proprio questa la parola tradotta nel libro capolavoro di Gabriel García Márquez. Polveri.

Lei aveva fatto un sorrisino di sopportazione.

4

Era una sopportazione da educatrice.

La stessa che usano le professoresse.

Sì, era intervenuta lei, si tratta di polveri, ma non bagnate. Se ricordo bene, aveva proseguito sullo stesso tono, Gabriel García Márquez ha scritto "polveri contate". Contate, non bagnate. Controlli.

Non mi veniva nessuna voglia di mettermi a discutere. Ma era vero, le polveri non erano "bagnate", erano "contate". Aveva ragione lei.

Sai, mi aveva bisbigliato Patate, mia cugina è stata una professoressa di lettere.

Allora, sua cugina, Alba, che era stata una professoressa di lettere, aveva incominciato a spiegarmi che quelle "polveri" sono da interpretare come le polveri di una clessidra, quelle che cadono da un imbuto all'altro. In modo inesorabile. Ecco perché erano "polveri contate".

Be', avevo commentato io un po' piccato, così possono essere equiparate alle ore.

Ma le polveri hanno un altro effetto sul lettore, aveva ribattuto la professoressa. Non è un errore di traduzione. Vede, Gabriel García Márquez, da grande romanziere qual era, ha usato quella parola appositamente perché incidesse nell'animo del lettore. Del lettore intelligente, si capisce.

E aveva concluso la frase con una sorriso sghembo. Molto ironico. Quasi di compassione beffarda. Ma anche molto affascinante.

Non so di preciso se mi sono innamorato di Alba proprio in quel momento. So che quel sorrisino mi si è impresso nel mio cuore bypassato.

Mi ero innamorato. All'insaputa di Patate, di Alba stessa, di tutti i dottori e anche del mio cuore operato da poco. E mi ero anche ripromesso di farle visita. Una volta dimesso dall'ospedale. Anche con un cuore bucato? Sì. Anche con un cuore bucato.

5

C'era una volta un professoressa di lettere in pensione che si chiamava Alba, come il momento magico dell'aurora, quando la luce sbuca dal buio come il muso di una faina. E c'era anche uno scrittore che si era innamorato di lei sulla scia di una frase di un libro capolavoro scritto da Gabriel García Márquez. Lo scrittore, oltre a scrivere, assumeva un mucchio di pillole ogni giorno per aiutare il suo povero cuore a battere.

Ecco, questa storia di un amore senile potrebbe iniziare così. Come una fiaba un po' intricata e dal finale di non facile conclusione.

State a sentire come è andata dopo l'incontro in una corsia d'ospedale. Certo, l'inizio non è dei più romantici. Le corsie d'ospedale non sono il massimo dei luoghi dove innamorarsi. Ma, date le circostanze cardiopatiche e postoperatorie in cui mi trovavo, in quel preciso momento della mia vita non avevo a disposizione altro posto. E per "in quel preciso momento" intendo quell'attimo fatidico del così detto *coup de foudre*, il colpo di fulmine, quando succede che uno venga colpito al cuore da un sorriso o da uno sguardo femminile.

Prima ero stato colpito al cuore da un cardiochirurgo, adesso da Alba.

Il virus della malattia d'amore penetra nel cuore, operato o no, e allora si scatena una vera e propria metastasi di carattere emotivo. L'età? Non conta avere diciotto anni o settanta, l'"età ai tempi del colesterolo…".

6

Ecco, il colesterolo. Quel certo tipo di alcol superiore, detto anche sterolo, appartenente agli steroidi che è presente nei tessuti animali, libero o esterificato. Il suo aumento nel sangue è indice di alterato metabolismo dei grassi ed è fattore di rischio per le affezioni cardiovascolari.

Il mio vecchio sangue di cardiopatico ne era pieno. Non zeppo, ma pieno di sicuro. Per questo mi toccava ingurgitare un mucchio di pastiglie. Non sapevo ancora se il sangue di Alba, anche lui non più giovane, ne fosse intasato in una quantità a rischio. Il cuore di Alba mi stava a cuore quanto il mio. Anzi, desideravo tanto avvicinare il suo cuore al mio. In senso metaforico e metafisico, ma soprattutto fisico... Perché non è vero che i vecchi non sentono più i richiami del sesso.

Li sentono attenuati, si capisce. Ma per sentirli, oh se li sentono... Insomma, dovevo darmi da fare per andare a fare visita ad Alba. Inutile che ci stessi a sognare come quel ragazzino che non ero più. Purtroppo.

Così, un bel giorno di maggio, telefono. Non ad Alba. A suo cugino, Patate. Mi aveva lasciato il suo numero dopo essere stato dimesso tre giorni prima di me.

Ciao, Patate. Ti ricordi di me?

??? (Silenzio perplesso)

Succede sempre così tra le persone che hanno condiviso la stessa stanza di un ospedale. Dicono, ti vengo a trovare. Poi, una volta dimessi, nessuno ha più voglia di andare a trovare nessuno.

Sono il Poeta. Be', quello soprannominato Poeta.

Il poeta? borbotta lui, quale poeta?

Il Poeta del letto numero 10, ricordi? Non dirmi che ti è andata in tilt anche la memoria.

Aaaaaah, massì, il Poeta! Come stai?

E tua cugina come sta? ribatto io. D'acchito.

7

Cosa c'entra mia cugina? domanda lui. Sorpreso.

Be', balbetto un po' confuso, hai presente l'ospedale?

Come no? Accidenti, non riesco a dimenticarmelo.

Ecco, proseguo io tutto d'un fiato per non perdere il filo del discorso e specie per non dimenticare per strada il motivo vero della mia telefonata, ecco, lì, all'ospedale c'era Florentino Ariza, il protagonista dell'"Amore ai tempi del colore", ma che cavolo dico? del colera, il grande romanzo di Gabriel García Márquez e questo Florentino l'aveva spogliata della verginità, non tua cugina, cioè, volevo dire, insomma, una vedova.

Anche mia cugina, è vedova, interviene Patate.

Davvero? Questa è una bella notizia. Cioè, no, volevo dire, insomma, mi spiace, condoglianze; e, allora, quel giorno io alzo gli occhi da questa frase che stavo leggendo e chi mi vedo davanti?

La caposala, fa lui, che gran bel didietro!

Ma no. Tua cugina. Cioè, la caposala aveva un gran bel didietro, d'accordo, ma io ho visto tua cugina e ho avuto un tuffo al cuore.

A proposito di cuore, mi interrompe lui, quante pillole prendi?

Una decina, taglio corto io, ma adesso le pillole non c'entrano. C'entra Florentino, cioè, no c'entra tua cugina.

Insomma, ti spiego meglio, ho alzato gli occhi dalla pagina dove Florentino dice che le aveva insegnato che "*niente di quello*", be', per tagliare corto, mi sono innamorato.

Della caposala, sospira lui, gran bel didietro.

Ma no, la caposala non c'entra, sbotto io. Mi sono innamorato di tua cugina, cavolazzo, di tua cugina!

Di Alba?

A questo punto, spazientito, mi metto a urlare con tutto l'accoramento di un cardiopatico: Patate, dammi il suo numero di cellulare! Per pietà.

8

Ecco come ho avuto la possibilità di contattare Alba, dopo quella telefonata affannosa e sbrodolata, nel segno e nel ricordo di Florentino Ariza.

Ora sapevo che Alba era vedova e questo, da un certo punto di vista, il mio, avrebbe facilitato il contatto. Però mi ero dimenticato proprio della frase con cui Gabriel García Márquez inizia il suo bellissimo romanzo.

Questa: *Era inevitabile:l'odore delle mandorle amare gli ricordava sempre il destino degli amori contrastati.*

Io non ricordavo più l'odore dell'ospedale, delle bende e dell'alcol disinfettante in mezzo al quale avevo visto Alba per la prima volta. Per questo non sospettavo, ma neanche lontanamente, che la storia d'amore che stavo per intraprendere potesse essere una storia d'amore contrastato, come quello che richiamava l'odore delle mandorle tostate al dottor Juvenal Urbino. Il rivale di Florentino Ariza.

Era una bella giornata di maggio quando mi sono deciso a fare la prima telefonata ad Alba. Una telefonata di assaggio, diciamo così. Per tutta la notte non avevo chiuso occhio. Ora che possedevo il suo numero di cellulare, non possedevo più l'estro della giovinezza che si butta a capofitto in ogni avventura amorosa perché nutre la sensazione di poter soffrire per amore senza compromettere il destino di altri amori futuri.

Mi tratteneva il mio cuore bucherellato e la mia età. Non conoscevo Alba. L'avevo vista soltanto una volta. Però sapevo che quell'unica volta mi aveva colpito al cuore. Così, sull'onda di quell'assioma letto sul calendario che recitava che non bisogna subire la giornata, ma aggredirla, ho pensato che era arrivato il tempo di dare fuoco alle polveri. E che succedesse quello che doveva succedere.

9

È una bella giornata di maggio. L'aria espande levigazioni leggere di rose in boccio.

Pronto? Mi risponde una voce femminile e dolce dall'altro capo del flusso etereo del cellulare. La voce di Alba.

Mi viene un attacco. Non di cuore, di cagarella. Chiedo impacciato, ecco, insomma, parlo con Alba, la cugina di Patate?

Di chiiiiii?

Oh, scusi, di Gino Pirazzi, operato alla valvola mitralica nello stesso periodo in cui sono stato operato io. Alle coronarie. Due bypass.

Perplessità dall'altro capo della cornetta.

Ripeto, parlo con Alba, la cugina di Gino Pirazzi?

Sì. Chi è? Cosa Vuole? Mi risponde lei un poco incavolata e sulla difensiva.

Be', ecco, vede, io sono quello che stava nel letto accanto a quello di Patat… cioè di Gino. Si ricorda? Sono quello delle "polveri contate".

Altra perplessità dall'altro capo del flusso etereo del cellulare. Poi lei chiede, scusi, di quali polveri parla?

Be', rispondo sempre più impacciato, di quelle contate. Ne parla Gabriel García Márquez nel suo libro "L'amore ai tempi del colera". E lei ha avuto la compiacenza di farmi un'esegesi perfetta di quell'espressione. Ricorda?

Dopo un lungo silenzio che mi sarà costato quasi tutto il credito rimasto sul mio cellulare, Alba riprende, ah, sì, adesso ricordo. Lei era quello che non aveva capito l'espressione simbolica di García Márquez. Di cosa ha bisogno, dica?

Offrirle un caffè o qualunque altra bevanda che lei gradisce. In un bar del paese, di sua scelta. Che poi sarebbe il bar di Gino Cavicchi, detto Banana. Allora, accetta?

10

Di anni non ne aveva sessantacinque, come avevo supposto io la prima volta che l'avevo vista. Ma sessantanove. Io avevo solo un anno in più. E questo mi dava una certa sicurezza.

Non avrei saputo dire quanto colesterolo avesse lei, in più o in meno rispetto a me. Di certo il suo bel quoziente l'aveva. L'età non perdona.

Le persone sedute ai tavolini esterni del bar di Gino Cavicchi, detto Banana, ci tenevano d'occhio. Facevano finta di chiacchierare. Ma, in effetti, chiacchieravano. Di noi due. Con bisbigli sommessi. Ogni tanto ci sbirciavano. Anche.

In paese Alba era conosciuta come la vedova del professore. Di chimica. Io ero conosciuto come lo scrittore. Mentre sorseggiavo il mio bicchiere di frizzantino, mi chiedevo come mai non l'avessi mai notata prima di quel momento. Un motivo, forse, era da imputare alla riservatezza di Alba. Viveva da sola in una zona periferica del paese. In una bella villa attorniata da alberi. Un altro motivo era da attribuire alla mia vita randagia. A causa del mio lavoro ero stato lontano dal paese per molto. Una volta ritornato mi ero messo a scrivere. Romanzi e qualche saggio.

Be', scusi, hai, cioè ha, insomma, avrebbe...

Diamoci pure del tu, fa lei sbrigativa.

Ecco, tu hai dei figli?

No, risponde lei; e neanche dei fratelli.

C'era amarezza nella sua voce, oppure un senso di indipendenza per essere sgombra da impegni da nonna? Sul momento non lo avrei saputo decifrare.

E dei nipoti?

Lei mi guarda stranita, se non ho avuto figli e neanche fratelli, come posso avere dei nipoti?

Non ci avevo pensato. Be', aggiungo per rimediare alla gaffe, allora brindiamo alla nostra libertà.

Libertà in solitudine, mi corregge lei.

11

Già. La solitudine. La *vermaccia* solitaria.

È stato in questo preciso momento che Alba si è messa a raccontarmi la storia della badante. Mi guarda con un'espressione triste. Poi attacca.

Devi sapere, inizia a raccontare, che fino a poco tempo fa non ero sola come lo sono adesso. Avevo una badante. Accudiva mia madre. Tutti i miei parenti le volevano bene. Era molto servizievole. Quando mia madre è morta, la badante è rimasta con me. Si chiamava Tatiana, io la chiamavo Tati. L'ho amata come una figlia. L'ho fatta studiare. Le ho comperato delle cocorite. Lei amava molto gli animali. Le ho insegnato a cucinare gli agnolotti.

E qui Alba sospende il racconto. Fissa un punto indefinito. Gli occhi le si velano di lacrime.

È morta? le chiedo io in tono sommesso.

Nooo, esclama lei, peggio.

Rimango sconcertato. Peggio della morte cosa c'è? Ah, già, rispondo a me stesso, non essere amati.

Mi ha lasciata, precisa lei. E diceva di amarmi come una figlia e che sarebbe rimasta con me fino a che sarei diventata vecchia. Voglio dire, ancora più vecchia di quello che sono ora.

Ma tu non sei vecchia, intervengo io deciso.

Lei mi fissa. Sogghigna, non dire scemenze.

Be', sei comunque più giovane di me.

Insomma, prosegue lei, ha trovato un compagno e adesso convive con lui.

La vita è fatta per amare, sussurro io con un sospiro allusivo. Senza amore siamo ombre.

Sono contenta che si sia fatta la propria vita, ma poteva almeno avvertirmi.

Per caso, le chiedo, il suo compagno è quello che gira per il paese con una cocorita sulla testa?

Lei annuisce.

Eh, l'amore! Per amore uno è disposto a girare per il paese anche… con un'aquila sulla testa.

12

Già, un'aquila. Per amore si fa di tutto. Il compagno di Tatiana che gira per il paese con in testa una cocorita, giallastra, mi suscita un po' di invidia. Sul momento mi viene da immaginare me stesso che giro per il paese con un'aquila sulla testa. Da innamorato invaghito all'ultimo stadio. Lo stadio delle cocorite o delle aquile svolazzanti sulla testa. In giro per il paese. Roba da pazzi.

A cosa pensi? Mi chiede Alba che mi vede assorto.

Come dici?

A cosa stai pensando? Ripete lei.

Alla cocorita e all'aquila. Poi le chiedo, hai intenzione di sostituirla?

Chi? ridacchia Alba, la cocorita o l'aquila?

Ma no, la badante.

Ma neanche per sogno. Ne ho avuto abbastanza di una. Una mi è bastata e mi è avanzata.

Bene, molto bene, commento io.

Perché, scusa?

Perché così potrò frequentarti senza badanti e cocorite tra i piedi. O sulla testa.

Calma, sussurra lei, andiamoci piano. Accettare di bere un caffé in compagnia di un uomo non significa aprire le porte della propria casa a un estraneo.

E io sarei un estraneo? ribatto piccato.

Non ti conosco ancora abbastanza, mormora Alba dopo essersi avvicinata.

Mi conoscerai, biascico a mia volta, avvicinandomi anch'io di più a lei.

Attento, bisbiglia lei, ci guardano.

Puoi dire, ci spiano.

E lasciamoli spiare, sussurra Alba.

Sorridiamo con una complicità trattenuta. Come due ragazzini. Ma col sangue pieno di colesterolo. Le avevo lanciato una sfida. Quella che tra tutte le sfide è la più impegnativa. A tutte le età. A tutti i meridiani. La sfida d'amore.

13

È stato dopo questo incontro che è incominciato il mio romanzo d'amore con Alba. Proprio quello che sto raccontando. Be', penso che se non tutti, molti abbiano un romanzo d'amore da raccontare. Perché è proprio dell'amore, giovanile o senile, imbastire dei romanzi. Belli o brutti. Dipende.

Adesso non sapevo più bene come comportarmi con lei. Se in modo sfrontato, da ragazzo, oppure in modo discreto, da adulto attempato. Per non dire da anziano. Per non dire da vecchio. Tutti termini che nascondono un'unica realtà. Quella del colesterolo, delle rughe e degli acciacchi vari. Per me anche quella di un cuore bucherellato. Del resto era stato proprio grazie al mio cuore bypassato che avevo conosciuto Alba. Non è facile fare i conti con i propri anni. Specie quando gli anni aumentano e pesano sul groppone come fardelli.

Dovevo escogitare una strategia per entrare nella casa di Alba. Non da estraneo, ma almeno da amico. Meglio se da innamorato. Più che altro per entrare nel suo cuore. Più che altro ancora nel suo letto. Perché nemmeno un cuore bucato disdegna qualche palpitazione erotica. Anche se deve farlo con molta cautela. L'infarto è sempre in agguato.

Prima di essere sopraffatto dal sonno, favorito dal solito sonnifero, passavo le notti a pensare e a ripensare il modo di essere accolto da lei. È vero, ogni tanto le telefonavo. Per salutarla. Per sapere come stava. Per darle la buonanotte.

Ciao, come stai? Ti volevo dare la buonanotte.

Grazie, rispondeva lei. E con quel "grazie" mi liquidava. Le telefonate non erano sufficienti per farmi invitare a casa sua. Alba era sempre gentile. Ma, accidenti, stava sempre sulle sue. Per fama paesana sapevo che era una vedova insospettabile. Ma non volevo saperne che fosse anche una vedova inespugnabile.

14

Florentino Ariza continuò ad andarla a trovare nella casa saccheggiata, il cui mobilio si ridusse a tre sgabelli di cuoio.

Si trattava della casa di Ausencia Santander che Florentino frequentava a letto e fuori dal letto. Ma specialmente a letto. Infatti quando i ladri erano andati a saccheggiare la casa, Florentino stava tranquillamente facendo l'amore.

La casa di Ausencia non aveva niente a che vedere con la casa di Alba. La casa di Alba era una villa e non era mai stata saccheggiata. Né Alba, che io sapessi, era mai più stata, come dire?... a letto con un uomo dopo la morte del marito.

Un giorno, ero a pranzo da mia cugina. Il discorso era caduto su Alba. Detto per inciso, come un discorso possa cadere su qualcosa o su qualcuno, non l'ho mai capito bene. Fatto sta che mia cugina ha incominciato a parlare di Alba.

Non ha nessuno, aveva detto, Alba è una vedova insospettabile, scorbutica e morigerata. Il suo povero marito era un sant'uomo. Una sera, di ritorno da una passeggiata assieme, Alba mi ha confidato che rientrare nella sua casa vuota, senza nessuno ad aspettarla, per lei è sempre una pena.

Alba, dopo la morte del marito, non era soltanto una vedova insospettabile, scorbutica e morigerata. Era anche una vedova sensibile alla pena che il vuoto domestico procura. Potevo contare su questa pena per corteggiarla. Dovevo essere io l'uomo che finalmente le avrebbe riempito il vuoto domestico e che l'avrebbe aspettata quando rincasava.

15

Cosa mi restava da fare se non un salto alla villa di Alba? Per controllarla da fuori. Con discrezione. Senza dare nell'occhio. Prima di poterci entrare a tutti gli effetti? Più che gli effetti, mi importavano gli affetti.

Il fatto è che per raggiungere l'ingresso della sua villa, quello sul retro, che mi pareva il punto più adatto dal quale spiare, c'era da passare per una strada costeggiata da case piene di cani. Ce n'era uno per ogni abitazione. Il mio passaggio scatenava una canea infernale. Quando transitavo davanti ai cancelli, il guardiano a quattro zampe di quella casa si catapultava fuori e ringhiava come un ossesso, facendomi sobbalzare. Col cuore bucato che mi ritrovavo non era l'ideale. Ma l'amore per Alba era più forte di qualsiasi ringhio.

In più c'era la Bosona. *Bosare*, nel dialetto del paese, significa controllare i movimenti di una persona senza darlo a vedere. Spiare a vista.

Quando qualcuno, che non abitava in una casa del rione, transitava per quella strada, la Bosona usciva e fingeva di scopare gli scalini della sua abitazione. Scalino dopo scalino, la Bosona buttava un'occhiatina verso il passante. Controllava la sua fisionomia, i suoi movimenti. La prima volta la Bosona mi ha buttato quell'occhiatina scrutatrice per cui era diventata famosa. La seconda mi ha fissato a lungo. Fino alla curva. La terza mi ha ripreso. Lei, mi ha rimbrottato, cosa ci fa qui? I cani non la conoscono. Io ribatto, mi faccio i cavolazzi miei. E i cani possono abbaiare fin che vogliono. Sono dei rompicoglioni. Come lei.

La Bosona ha abbozzato una smorfia disgustata. Da quel giorno ha smesso di controllarmi. Dai gradini. Mi controllava dalla finestra. Al mio passaggio una tendina della finestra di casa sua si scostava. Di appena un poco. Era lei, la Bosona, che mi *bosava*.

16

Un giorno, dopo avere superato la casa della *bosona* con la solita tendina scostata, mi apposto dietro un grosso vaso di oleandri. Di vasi ce n'erano due. Si trovavano ai lati del cancello scorrevole sul retro della villa di Alba. Il vaso che avevo scelto per gli appostamenti era quello sulla sinistra. Si trovava accanto a una siepe e mi offriva una buona copertura.

Sono proprio lì, accucciato, che tengo d'occhio la porta laterale della villa, quella usata da Alba con più frequenza, quando...

Un momento. Andiamo con ordine. Meglio che spieghi a quale rischio mi sono sottoposto per amore, alla mia età. Il giorno precedente, un poco prima di accucciarmi dietro il vaso di oleandri, mi capita di essere preso, letteralmente, per il sedere. Non nel senso che qualcuno mi abbia ingannato. Nel senso che uno di quei maledetti cani, non so per quale casuale circostanza (ma doveva entrarci in qualche modo la Bosona), si trova il cancello di casa aperto; e davanti al cancello indovinate chi sta passando? Indovinato. Io.

Non faccio in tempo ad accelerare l'andatura che quel maledetto mi addenta una chiappa. La Bosona, da scommetterci, mi stava spiando dal pertugio della tendina scostata. E sghignazzava. Beffarda. Alla fine riesco a scrollarmelo di dosso. Arrivo a casa con una chiappa ridotta male. Da antitetanica. Sono sul punto di mollare tutto. Elemosinare un amore che mi è costato una chiappa? Col cuore e il colesterolo che mi ritrovo. Mai!

Piuttosto solo. Come un cane. E invece…

17

E invece, il giorno dopo, vedo Alba transitare in bici sulla piazza del mercato del paese. Accenno un saluto. Lei? Neanche mi vede. E io? Come uno stupido ragazzino m'infiammo ancora di più. A volte succede che i rifiuti invece di scatenare la depressione attizzino maggiormente la rivalsa amorosa.

Tre giorni dopo la vedo un'altra volta passare in auto. Le mando un saluto con un cenno della mano. Lei stavolta mi vede e risponde con un colpo di clacson. Il mio cuore batte forte. Lo sento in gola. E mi innamoro ancora di più. Peggio di prima. Aveva ragione il saggio a dire che gli uomini bussano, ma sono le donne ad aprire la porta. E per il saggio intendo Aldo Caramella, soprannominato Rosmarino, perché portava sempre all'occhiello della giacca un rametto di rosmarino che gli profumava i dintorni. Faceva il portalettere e raccoglieva le confidenze della gente. Una di queste confessioni si riferiva alla corte spietata e risoluta della quale Rosalba Ceci, la figlia del becchino, era fatta oggetto ogni giorno da parte del fornaio, certo Nando Pasquali che sbavava per lei. Da secoli. Ma niente. Rosalba non ne voleva sapere. E non gli aveva mai aperto la porta. Sia quella di casa, sia l'altra… Quella più ambita da Nando, come da tutti i maschi. Rosalba aveva finito coll'essere costretta a sposare un pancione di meccanico, che poco dopo l'aveva piantata per andarsene con una brasiliana.

Ad ogni modo, cinque giorni dopo il parroco mi invita a tenere una conferenza presso la Casa delle Suore a commento dell'enciclica di Papa Benedetto, *Deus caritas est*. Ci mancava anche questa.

Una conferenza su Dio che è Amore.

18

La Casa delle Suore non era gremita di ascoltatori interessati a conoscere il mio pensiero intorno al noto enunciato di Giovanni l'Evangelista, ovvero che "Dio è Amore". Il mio nome non ne aveva richiamato che una decina. Tutte donne. Oltre a tre suore. Alzo gli occhi dal libretto per aprire bocca e iniziare l'argomentazione e la vedo. *Bum*. Ho un tuffo al cuore. Palpitazioni estrasistoliche. Alba è seduta in ultima fila. Ma ben visibile. Deve essere entrata quando io ero concentrato sugli appunti e tenevo gli occhi fissi sulla mia grafia per tentare di decifrare quello che io stesso avevo scritto.

Mi schiarisco la voce e inizio. A dire la verità, affermo con tono provocatorio, non sono del tutto d'accordo con l'asserzione di Giovanni che Dio è Amore.

Le suore mi guardano male.

Nel senso, proseguo, che, considerando tutto il male che da sempre inquina il mondo, in primis il dolore degli innocenti, è difficile pensare che Dio sia Amore.

Le suore seguitano a guardarmi male e si agitano.

Voglio dire che l'amore di Dio non è assistenziale in chiave terrena. Bensì è trascendentale. Va capito in proiezione, in chiave ultraterrena.

(E qui incomincio a perdere il filo perché Alba mi fissa). Perché l'amore, anche quello tra un uomo e una donna, è sacro e deve essere consumato anche in tarda età perché la tarda età, intendo dire l'età avanzata, non preclude il rapporto sessuale.

Le suore sobbalzano. Mi lanciano delle occhiatacce al vetriolo. Le ascoltatrici mugugnano. Meno una. Alba. Si limita a scuotere il capo. E a sorridere. Io divento paonazzo e riprendo deciso, con voce stentorea, da predicatore infiammato, l'amore è sempre l'amore.

19

Ero partito per la tangente. Più guardavo Alba e più mi addentravo in un ginepraio argomentativo insensato e apocrifo. Quella che doveva essere una riflessione era diventata un messaggio in codice per Alba. Un codice eterodosso. A giudicare dalle smorfie disgustate delle suore.

Avevo assunto di colpo una voce da profeta. Senza rendermene conto, mi stavo perdendo nei meandri di allocuzioni appassionate. E squilibrate.

E come dice il sommo poeta, riprendo con enfasi, "L'amor che move il sole e l'altre stelle", così l'amore umano deve conformarsi al firmamento, dove le galassie indicano la via del divino, a riprova che l'amore umano ha una valenza universale che coinvolge bambini, giovani, adulti, vecchi, in modo particolare i vecchi malati di cuore, e li sospinge verso l'infinito, dove gli innamorati si congiungono e fremono all'unisono come due violini in un duetto monologato (ma che cavolo stavo dicendo?) e così *Causando nostros in longum ducis amores*, dice Lycidas nella nona egloga virgiliana, "coi tuoi pretesti ritardi la mia gioia", (e qui lanciavo occhiate languide ad Alba che mescolava smorfie con sorrisi patetici che mi accaloravano di più) noi poveri mortali non dobbiamo indugiare, ma gettarci l'uno nelle braccia dell'altra. "Amor vicit omnia". Anche i buchi neri.

Insomma, non mi ci raccapezzavo più. Ma una cosa avevo capito. Che se *Deus caritas est*, è l'energia dinamica più forte del mondo. E che la vita è più forte della morte perché la vita è il prodotto per eccellenza dell'amore di Dio. E non dimenticate che Gesù, avevo tuonato alla fine, è morto per amore. Capite? Per amore!

E qui le suore, avevano applaudito. Questa frase mi aveva riscattato.

20

In effetti, dopo questa arruffata *lectio enciclica*, il parroco, su consiglio delle suore, aveva pensato bene di non invitarmi più a tenerne altre.

E sette giorni dopo mi imbatto in una pagina dell'"Amore ai tempi del colera" dove Gabriel García Márquez racconta di Sara Noriega, amante di Florentino Ariza, la quale doveva limare le unghie al gatto che assisteva ai loro amplessi *perchè non li facesse a pezzi a furia di graffi mentre facevano l'amore.* Sapevo che Alba aveva una gatta. L'avevo vista durante i miei appostamenti di spionaggio amoroso. Si chiamava Mimosa. Dopo che Tatiana, la bandante che se n'era andata senza preavvisi per accompagnarsi all'uomo che girava per il paese con una cocorita gialla sulla testa, Mimosa, la gatta, era diventata una specie di dama di compagnia di Alba. E lei l'amava moltissimo. Questa gatta aveva tutta una storia alle spalle. Un giorno piovoso in cui Alba era andata a deporre dei fiori sulla tomba del marito defunto, la gattina era sbucata chissà da dove e le si era aggrappata alla veste.

È Ludovico che la manda, aveva subito pensato Alba, convinta che la gatta fosse una specie di ultimo messaggio d'amore del suo defunto congiunto. E così l'aveva portata a casa. E a casa Mimosa era rimasta per confortare Alba con la sua presenza gattesca durante i tristi giorni della solitudine.

La solitudine, abbinata alla sindrome abbandonica, è una brutta bestia. Può uccidere un rinoceronte corazzato con un doppio strato di placche ossee.

Ma quello che mi aveva colpito di più in quella pagina di Gabriel García Márquez era che a *Sara Noriega piaceva consacrare le fatiche dell'amore al culto della poesia*. A queste parole mi si accende nella crapa una lampadina. E se per abbordare Alba ci fosse voluta qualche poesia di corteggiamento?

21

Quel giorno me ne stavo proprio lì, accucciato dietro il vaso di oleandri. Tenevo d'occhio la porta laterale della villa. A un certo punto vedo Alba uscire per chiamare la gatta. Avevo infilato nella bussola delle lettere la mia prima poesia. Una poesia di corteggiamento.

Le poesie di corteggiamento fanno parte del genere letterario detto "di omaggio". Un omaggio poetico vale quanto un omaggio floreale e molto di più di un omaggio di preziosi. Anche se la maggior parte delle donne preferiscono quest'ultimo, sia all'uno che all'altro. Io non avevo la possibilità di farle un omaggio di preziosi, di cui Alba, tra l'altro, non aveva assolutamente bisogno. Suo marito era stato prodigo di omaggi del tipo perle, coralli, brillanti, rubini. Incastonati in supporti d'oro o d'argento che lei amava portare ai polsi, alle dita o al collo. Data la mia situazione economica di povero pensionato non mi restava altro omaggio da farle se non quello poetico.

Avevo infilato nella bussola delle lettere il foglio sul quale era scritta la mia poesia. Un lembo del foglio usciva dalla fessura superiore.

Alba, senza amore cos'è la vita?
Una stupida partita
Giocata inutilmente

Da un clown deficiente.
In Re Lear *lo dice anche il Matto*
Nell'ultimo atto.

Appostato dietro il vaso di oleandri spiavo il momento quando Alba si fosse accorta del lembo di foglio che sbucava dalla bussola.

Ecco, l'ha visto. Incuriosita lo va a sfilare. Legge la mia poesia. Si guarda attorno per vedere chi sia stato. Io mi rannicchio dietro il vaso. Come un gatto in amore. Intimidito dai suoi stessi miagolii. Poetici. Insomma, quasi.

22

Dopo la settantatreesima poesia, Alba aveva naturalmente capito chi fosse l'anonimo poeta (ma probabilmente già dalla prima...). Come? Mentre stava leggendo la settantatreesima poesia, uno di quei maledetti cani, un bastardino al quale la Bosona, da scommetterci, aveva spalancato il cancello, mi aveva addentato la chiappa destra intanto che me ne stavo acquattato dietro il vaso di oleandri. Avevo cacciato un urlo da gorilla ferito. Ero balzato fuori dal mio nascondiglio sparando dei calcioni forsennati a quel bastardo di un cane il quale, colpito sul muso, se l'era data a coda levata con dei guaiti da brivido. Tragicomico.

Cosa mi restava da fare se non mostrami in tutta la mia persona di vecchio poeta innamorato? Alba mi aveva fissato con uno sguardo allucinato. Io, in segno di scusa, mi ero atteggiato nella postura di San Bartolomeo del Tiepolo che si trova a Venezia nella chiesa di San Stae. Ha le braccia estese e le mani dilatate. Le mani più belle di tutta la storia dell'arte pittorica. Venuta e da venire.

Gabriel García Márquez aveva scritto, *fu allora che Fermina Daza ebbe la rivelazione dei motivi inconsci che le avevano impedito di amarlo. Disse: È come se non fosse una persona, ma un'ombra.*

Non sono un'ombra, avevo gridato d'istinto rivolto

verso Alba.

Non ho mai detto che tu lo sia, aveva ribattuto lei. Ma certo un poco stupido lo sei. Startene lì a spiarmi, accucciato dietro un vaso di oleandri per vedere che effetto facessero su di me le tue belle poesie, è roba da stupidi. Non trovi?

Non avevo saputo cosa ribattere.

Poi lei mi aveva invitato a entrare. Con un sorriso tra il dolce e il beffardo. Uno di quei suoi tipici sorrisi che mi facevano battere più forte il mio povero cuore baypassato. E che facevano salire il livello oleoso del mio colesterolo.

23

Mimosa, la gatta, acciambellata sopra una sedia, mi tiene d'occhio. Con un occhio solo, semiaperto. Con l'altro finge di sonnecchiare.

Credi che non ti abbia visto? Mi dice Alba dopo aver sorseggiato un goccio di tè.

Be', ribatto io, dopo avere sorseggiato a mia volta un goccio di tè, per la dinamica dei gesti speculari che compie chi è innamorato, be', mi ero nascosto bene.

Non così tanto, sorride lei, da non permettermi di vedere un riflesso di sole sopra una lente dei tuoi occhiali e capire che eri tu il poeta e lo spione.

E qui starnutisce. *Eeeecccìhhh*! Il suo sorriso che tanto mi ammalia, per un attimo diventa una brutta smorfia. A mia volta, sempre per la dinamica della specularità dei gesti compiuti da chi è innamorato, starnutisco anch'io. *Eeeecccìhhh*! Gli occhiali mi sobbalzano sulla punta del naso. Le devo sembrare ancora più miope e più vecchio di quello che sono.

Se non fosse stato per quel cane, aggiungo, avrei continuato a spiarti. E a scriverti poesie.

Le poesie puoi scrivermele ancora, sorride lei, spiarmi però no.

Mi ritorna in mente quando *Fermina Daza continuò ad aprire il balcone al mattino per vari mesi, e sempre di meno spuntava il fantasma solitario che la spiava dal giardinetto deserto* (si trattava di Florentino Ariza). *Doveva richiudere la finestra, sospirando: pover'uomo.* Le chiedo, hai sospirato anche tu come Fermina?

Fermina chi? Alba mi guarda con aria stranita.

Fermina Daza, "L'Amore ai tempi del colera".

Cosa c'entra Márquez?

Non ricordi? L'ospedale, quella frase…

Alba mi fissa con un'aria stranita. Smemorata.

Mimosa, la gatta, apre l'altro occhio. Mi fissa. Anche lei con un'aria stranita. E smemorata.

24

No, non può essere amore, dico tra me e me mentre cammino verso casa, dopo avere salutato Alba e fatto una carezza di circostanza alla gatta. Si deve trattare solo di un transfert. Se fosse amore lei avrebbe capito subito l'associazione con Fermina Daza e Florentino Ariza. Mi sono o non mi sono innamorato di Alba proprio mentre leggevo il romanzo di Gabriel García Márquez? Ma certo che è stato così. E allora perché lei insiste a non volere capire questa fondamentale associazione letteraria? Finge? Non finge? Fatto sta che io non voglio patirci troppo, col cuore che mi ritrovo e col mio colesterolo in eccesso.

Sai cosa faccio? Mi interpello. Cosa? Mi chiedo. Non ci voglio più pensare ad Alba. E sai perché? Perché, mi rispondo, non voglio soffrire troppo di maldamore che è una malattia che manda in corto le sinapsi e in tilt le coordinate cerebrali. Alba non deve entrare nel mio immaginario emotivo. Proust diceva che ci si innamora quando una persona entra nel nostro immaginario emotivo. Grande intuizione psicologica. Le immagini sono dimensioni formative di eventi sentimentali. Noi amiamo per immagini. Non voglio che Alba divenga l'immagine amorosa del mio cuore bucato. Non voglio, non voglio, non voglio. E mi metto a zufolare un motivo musicale.

Cosa stai fischiettando?

Stavolta non sono io che me lo chiedo. È Danilo, detto il Gobbo. Non è gobbo. Il fatto è che cammina così ingobbito da sembrare gobbo. Ma non è gobbo.

Mozart, gli rispondo. Intanto penso a Florentino Ariza. Danilo ha lo stesso difetto che aveva il direttore dell'Hotel di Balbec che ospitava Proust. Danilo deforma alcuni adagi stereotipi come faceva il direttore dell'Hotel di Balbec.

Florentino chi? Mi chiede il Gobbo, ingobbito.

25

Conosci Gabriel García Márquez? chiedo al gobbo.

Per sommi papi, risponde lui.

Ci siamo. Lo correggo, “Per sommi capi”.

Lui si stringe nelle spalle, papi o capi, basta che uno capisca il concetto, papale o meno.

Gli spiego con infinita pazienza, in questo caso il concetto è lo scrittore, l’autore dell’“Amore ai tempi del colera”. Hai presente?

Danilo ci riflette sopra. Be’, mormora con un’aria ingobbita, l’ho sentito nominare. Ad ogni buon cine.

Lo correggo di nuovo, “Ad ogni buon fine”.

Lui non mi bada. Prosegue imperterrito, ad ogni buon cine, non è che uno come il sottoscritto possa conoscere tutti gli scrittori. Secondo il mio punto di lista.

E dai. Lo interrompo. Volevi dire, “Secondo il mio punto di vista”.

Vista o lista, fa lui, io penso che ogni scrittore abbia il suo genere di respirazione.

Volevi dire, “ispirazione”.

E che il colera, seguita lui senza darmi ascolto, è proprio una brutta malattia, di quelle che non si sa dove uno va a finire.

Di solito, commento io, all’altro mondo.

E lui, ammesso e non processo.

Sbuffo spazientito, “Ammesso e non concesso”.

Lui fa una smorfia seccata, quello che voglio dire è che la malattia più brutta è la malattia d’amore.

E qui, il Gobbo mi sbircia di sottecchi.

Accidenti, vuoi vedere che mi ha visto entrare da Alba? Ehi, Gobbo, che cosa intendi dire?

Be’, biascica lui, ad occhio e voce, intendo dire che al cuor non si domanda. La gente è piccola, il paese mormora. Dico bene?

Non proprio, sorrido, sgrammaticato d’un Gobbo che non sei gobbo, ma che cammini ingobbito.

26

Il paese è piccolo, la gente mormora.

È questo il detto corretto. Sicuro, avrei dovuto metterlo in conto. Nessuno può sfuggire alla legge atavica della mormorazione e del pettegolezzo quando vive in un piccolo paese.

Il giorno dopo vado in farmacia a fare il pieno di pillole per il mio cuore rattoppato. La farmacista, amica di Alba, mi riceve al banco con un sorrisone allusivo. Allora, come andiamo? Mi chiede con un'aria da cospiratrice.

Il cuore seguita a battere, le rispondo, come dire che seguita a pulsare. E, come sempre quando pronuncio il termine "battere", mi viene da citarle quel gustoso aforisma del grande Honoré de Balzac: *Il cuore è come una puttana, quando termina di battere è finita*. Sorrido. Lei no. Contrae la bocca in una smorfia disgustata. Poi prosegue, non volevo riferirmi al cuore, ma al suo filarino.

Filarino? Quale filarino?

La farmacista si limita ad abbozzare un sorrisino scaltro e ambiguo mentre mi porge il sacchetto con dentro le pastiglie per il cuore.

Passo in drogheria. Droga, la cosiddetta droghiera, sa tutto di tutti. Allora, come va il suo cuore?

Ripeto la risposta che ho dato alla farmacista. Ma evito

di ripetere la citazione dell'aforisma di Honoré de Balzac. E lei, con un sogghigno da pettegola incallita mi consiglia, non si faccia troppe illusioni, quella è una tipa scorbutica, una che sta sulle sue.

Mi fermo al bar per un caffè d'orzo. Gino Cavicchi, il barista, detto Banana perché quando aveva sedici anni si pettinava con una banana alla Elvis Presley, mi chiede, allora, come va? Rispondo in modo evasivo. Lui ciondola la testa. Quello che rimane della sua banana capelluta oscilla lieve sulla fronte. Mi strizza l'occhio e biascica come per una confabulazione, le vedova è un tosta, ma tu insisti.

Io ingollo l'orzo d'un fiato. Ed esco.

27

Quando vivevano nella città vecchia Juvenal Urbino e la sua famiglia andavano tutte le domeniche a piedi da casa loro alla cattedrale.

Io non abito nella città vecchia. Nel mio paese non c'è una cattedrale, ma una semplice chiesa. In compenso, come Juvenal Urbino, vado a piedi da casa mia alla chiesa parrocchiale. Ma senza famiglia, dato che vivo solo. Da quando sono morti i miei genitori, ogni tanto vengono ad alloggiare da me mio fratello, l'attore – è quasi sempre in giro a recitare in teatro –, oppure l'altro mio fratello, il prete – sempre in giro a impartire benedizioni, dato che il vescovo l'ha investito del ruolo di esorcista –.

Entro in chiesa per assistere alla messa. Ho la vaga sensazione che tutti i fedeli si girino verso di me. Tutti, meno una. Alba. Lei, imperterrita, si limita a fissare l'altare dove fra poco arriverà il parroco a celebrare il rito. Poco dopo il sacerdote esce dalla sagrestia con i chierichetti. Mi passa accanto. Ho la sensazione che mi butti un'occhiata inquisitrice. All'omelia il parroco predica sul peccato della carne che allontana dall'amore di Dio. Ho la sensazione che mi punti il dito contro e mi accusi di nutrire una certa passione per Alba, dissuadendomi dal frequentarla. Il chierichetto più piccolo sembra spaesato;

è il più basso in mezzo agli altri che lo sovrastano in altezza.

Ho la vaga sensazione che anche lui mi fissi in modo torvo, forse mi accusa di non aiutarlo a crescere, perché invece di innaffiarlo dedico il mio tempo a corteggiare Alba. Mentre suona il campanello per la consacrazione, ho il presentimento che la piccola canaglia voglia chiamare a raccolta tutto il paese per impedirmi di fare di nuovo visita ad Alba.

Il gobbo aveva ragione: la gente è piccola, il paese mormora. E mi trasmette delle sensazioni…

28

Dopo tutte queste sensazioni colpevolizzanti, meglio se mi faccio un esame di coscienza. Come dire, in chiave laicistica, un'autoanalisi. Alla fine, dopo essermi guardato a lungo allo specchio interiore, decido che la cosa migliore da farsi è fregarsene. Sì, fre-gar-me-ne.

Nella passiflora dell'esistenza quotidiana, vissuta con un ritmo monotono da un vecchio cardiopatico con il colesterolo ballerino in un piccolo paese della bassa padana, Alba rappresenta la luce. Che dico? La luce. La felicità. Che dico? La felicità. La vita. Alba rappresenta la vita e la vita mi distoglie dai pensieri che a volte nutro, e coltivo, sulla morte. Perché è inutile che io faccia finta di niente e mi dica con ipocrisia malcelata che la giovinezza non è un fenomeno anagrafico. Che si è giovani dentro. Col cavolazzo! Ormai conosco il segreto dell'Ave Maria. "Adesso e nell'ora della nostra morte" sono tempi coincidenti. Me ne renderò conto quando biascicherò l' "Ave Maria" con l'ultimo guizzo di coscienza. Ora lo so. In modo particolare dopo l'operazione. La giovinezza? Solo un ricordo.

Il pensiero della morte è emerso spontaneamente dal magazzino dove avevo riposto le cianfrusaglie dell'esistenza. Sogni, speranze, delusioni, le piccole gioie passeggere. La domanda insistente sulla morte non riguarda tanto dove si vada a finire, quanto cosa si faccia nell'aldilà una volta che il corpo si è sbriciolato. In uno spaziotempo eterno illimitato. Mi ripeto che non bisogna essere preda dell'angoscia di morire. Perché? Perché si muore male. Ma in tutti i modi bisogna morire, non ho scampo.

La vita è come una rosa delicata che un bacio, un bacio soltanto, può far sfiorire. Se non ci fosse l'amore, cioè se non ci fosse Alba, per me la vita sarebbe una rosa sfiorita. Ancor prima di sbocciare.

29

Ciononostante, nessuno aveva nessuna spiegazione per la sparizione di Fermina Daza. Florentino Ariza continuava a fare la ronda a La Manga.

Primo, per la regola della doppia negazione la corretta espressione avrebbe dovuto essere, *nessuno aveva alcuna* (o qualche) *spiegazione*. Ma può darsi che l'errore sia del traduttore, o del correttore di bozze.

Secondo, io non facevo la ronda a *La Manga* per cercare di sapere dove si fosse cacciata Alba, la quale, da una settimana, era scomparsa dal paese.

Tutti i giorni, la ronda io la facevo alla villa, rischiando entrambe le chiappe con tutti quei cani rabbiosi pronti ad addentarmi, non appena alla Bosona fosse venuta l'idea stregonesca di andare ad aprire il cancello di qualche casa dove c'era sempre un cane, minimo, che ringhiava al mio passaggio.

Un pomeriggio scorgo una donna nel parco della villa. Sta innaffiando i gerani. È la Dosolina. Il nome è stato abbreviato in Lina. Doso sarebbe stato un nomignolo incompatibile coi gusti dei genitori. Conosco Lina da quando veniva a fare le pulizie a casa mia. La chiamo sottotono, Lina, Lina…

Lei si gira. Mi scruta. Mi riconosce. Si avvicina al cancello. Le chiedo, dov'è finita la signora?

Lina mormora, è andata a Sirmione.

A Sirmione?

Nella sua casa al lago, annuisce lei. Si avvicina di più, poi sussurra, quella ladraccia è venuta a rubare i gerani e le ciliege.

Chiiii?

La Bosona, biascica lei.

La maledetta spiona! Non solo si divertiva ad aprire il cancello ai cani. Non solo fingeva di pulire le scale. Adesso si era messa anche a rubare i gerani e le ciliegie di Alba. L'avrei strozzata.

30

Ci sto male. Alba è a Sirmione. Con chi? Perché? La notte stessa ricomincia a prendere forma l'incubo che avevo in ospedale. L'avevo chiamato l'incubo della corsa al galoppo. I cavalli erano le pastiglie che ingurgitavo tutti i santi giorni. Le stesse che ingurgito anche adesso.

I cavalli-pastiglie sono entrati nelle gabbie di partenza. Le gabbie fanno *Sklang* con un rumore metallico. Echeggia per tutto lo spaziotempo del sogno. Le pastigliequine si catapultano al galoppo sulla pista. La voce dello speaker dell'ippodromo onirico attacca la cronaca. Con voce concitata.

Ranexa è alla testa del gruppone seguito da Asa, Sequacor, Amlodipina, Tareg, Sinvastatina, Sandox, Didrogil. Chiude Eskim. Il favorito. I book-maker lo danno a 1 contro i 30 di Tareg. Tareg trova un varco tra Sandox e Didrogil. Alla piegata il gruppo è compatto. Sequacor conquista lo steccato. Segue Sandox incalzato da Sinvastatina. Ecco Sequacor, si stacca in dirittura. Il gruppo si apre. Amlodipina cerca un varco tra Asa e Eskim. Il fantino di Asa inizia a mulinare il frustino. Asa allunga. Fatica Sequacor, sempre allo steccato. Si fanno sotto Amlodipina e Ranexa. Asa allunga. Asa, Asa, Asa... Sbuca Tareg. Tareg, Tareg, Tareg. Il fantino di Asa seguita a frustare la cavalla sui fianchi. Asa guizza e supera tutti.

Vince Asa su Tareg. Di un muso. Un momento. Il fantino di Asa è squalificato per aver alzato troppo il gomito. Asa retrocessa.

Chi è il fantino di Asa? Sono io. Mi sveglio di soprassalto. Sono tutto sudato. Pigiavo il pulsante di allarme. Dopo un poco arrivava un'infermiera.

Cosa c'è?

Mi hanno squalificato, biascicavo con un rantolo.

Se non voglio più avere l'incubo onirico della corsa delle pastigliequine, mi resta solo una cosa da fare. Andare a Sirmione. Al galoppo.

31

Ora, bisogna sapere che in paese c'è questo gruppo di donne chiamate "Le passeggiatrici". Non di quel tipo. Da marciapiede, voglio dire.

Assieme a un illustre professore in pensione hanno costituito un gruppo che si prefigge il compito di allontanare quanto più è possibile la vecchiaia e di abbassare il relativo tasso di colesterolo. E come? Facendo salutari passeggiate attorno a un laghetto che, nel gergo locale, viene chiamato *bugno*. Di questo gruppo fa parte anche Alba. Certi giorni Alba, mentre passeggia assieme alla compagnia delle passeggiatrici, mi incrocia, dato che anch'io faccio delle passeggiate. Le mie sono passeggiate solitarie. Le chiamo le passeggiate *cardiotoniche*, perché sono utili per favorire la circolazione oltre ad aumentare il colesterolo buono e abbassare quello cattivo. Per uno operato al cuore, è più giusto chiamarlo cattivissimo!

A mano a mano che soccombeva nelle sabbie mobili di una cattiva vecchiaia non si erano mai più scambiati una parola. Chi? Fermina e Juvenal.

Quello che inizia a soccombere nelle sabbie mobili di una cattiva vecchiaia sono io, da quando mi sono preso una cotta senile per Alba. Le cotte senili possono essere salutari, ma anche dannose. E molto patetiche. Quelle che, al contrario di Fermina Daza e di Juvenal Urbino, si scambiano molte parole sono “Le passeggiatrici”. In modo particolare da quando Alba è scomparsa dal paese per andare a Sirmione.

In modo ancora più particolare da quando, pochi giorni dopo la soffiata di Lina, anch’io sono scomparso dal paese per raggiungere Sirmione in incognito e vedere cosa combina Alba.

Inoltre, bisogna sapere che del gruppo delle passeggiatrici fa parte una certa Gina, amica di pettegolezzi di Lina. E il gioco del pettegolezzo paesano, *voila*, è fatto.

32

Ma davvero? Aveva esclamato Rita, amica di Gina, amica intima di Lina.

Me lo ha detto Lina, le aveva assicurato Gina, ha voluto andare anche lui, cara, per vedere cosa combina Alba.

Chi? Si era intromessa Mara, amica di Rita che era amica di Gina, l'amica intima di Lina.

Il gruppo delle passeggiatrici, spezzettato in due tronconi, procedeva attorno al *bugno* sul ritmo del chiacchiericcio da passeggiata. Il professore, dal canto suo, camminava nelle retrovie. Parlottava con un'amica di vecchia data. Non c'era di mezzo una tresca, ma la poesia virgiliana. *Hic tamen hanc mecum poteras requiescere noctem*. Ma qui potevi riposare almeno per questa notte, *fronde super viridi*, sopra le verdi frasche. Finale della Prima Egloga, dalle *Bucoliche*. Il professore la declamava a voce alta. Con molta enfasi.

A questo punto interviene Casimira, detta Mira, ma a volte anche Casi, e borbotta, aspetta un figlio.

Un figlio? Domandano tutte in coro. E si fermano.

Chi, Alba? Domandano tutte. Sempre in coro.

Ma no, non Alba, la sua badante, precisa Mira.

Quella che se n'è andata con Cocoricò?

E chi è Cocoricò? Chiede Filomena.

Quello che gira per il paese con una cocorita sulla testa, le spiega Gina.

Non è una cocorita, la corregge Mara, è una specie di pappagallino.

È una cocorita, insiste Gina. E invoca subito la presenza del professore. Professoreeee.

Lui la raggiunge, cosa c'è?

Le cocorite sono specie di pappagallini?

In quel mentre si alza il verso bovino della rana bue, *buuuu, buuuu*. Soprassalto generale. Tutte le passeggiatrici si zittiscono. Ma fatti tre passi riprendono a spettegolare.

33

Il tono dei pettegolezzi si aggira su questo tipo di frasi che nel testo riporto in italiano, anche se sono state pronunciate in dialetto, che è molto più colorito, ma anche meno comprensibile.

Dopo qualche passo di silenzio riattacca la Gina con un lungo sospiro enfatico, teatrale, non avrei mai detto che mi avesse detto quello che mi ha detto.

In coro tutte intervengono, e cosa ti ha detto?

Non posso dirvelo, perché se lo dicessi vi direi una cosa che non potrei, anzi, non posso dire.

Il coro delle passeggiatrici resta muto, perplesso. Poi riprende, ma a noi che siamo tue amiche puoi dire quello che dovresti dire e che non vuoi dire perché se lo dicessi ci diresti una cosa che non potresti dire.

La Gina tira un lungo sospiro enfatico, teatrale, come per far capire che sta soffrendo. Poi mormora in modo che nessuna la senta, anche se sa che tutte la sentono, se volessi potrei dirvi delle cose che non posso dire, ma che potrei dirvi solo se lei mi avesse detto di dirvele, è chiaro? Per me sarebbe come dire una cosa che non è vera se la dicessi, ma ve la dico lo stesso, anche se non la potrei dire.

A questo punto il coro si ferma, estatico, e si gira verso la Gina per sentirla dire quello che lei non avrebbe mai potuto dire.

Allora la Gina si guarda attorno per sincerarsi che non ci sia nessuna spiona nei paraggi, poi sussurra, ve lo direi se solo avessi avuto il permesso di dirvi quello che non avrei mai pensato che mi dicesse e che invece mi ha detto.

Ooohhhh, esclama il coro delle passeggiatrici.

Il professore chiede, cosa state dicendo?

E la Gina, una cosa, ma una cosa che è meglio che non la dica anche se la vorrei dire.

Questo è parlare chiaro, sentenzia il professore.

34

Quello che la Gina non aveva detto subito per tenere sulla corda le ascoltatrici, ma che appena dopo disse, anche se non avrebbe potuto dirlo, era una cosa che la Bosona le aveva confidato, raccomandandosi, dietro giuramento, di non trasmettere a nessuno. Però le aveva fatto capire che il giuramento non era da rispettare.

Ho visto un fantasma.

Un fantasmaaa? Aveva esclamato la Gina trattenendo un urlo di raccapriccio, sostituito da un gridolino di esterrefatta meraviglia. Posso divulgarlo?

Si aggirava nei paraggi della villa di Alba, aveva bisbigliato la Bosona in un orecchio, il destro, della Gina. E le aveva spiattellato la faccenda fantasmatica con tutti i particolari. Veri oppure presunti.

La luna pareva l'occhio di un barbagianni mezzo guercio tra la nuvolaglia increspata dal vento. La Bosona si era messa alla finestra che dava sulla villa. Scosta la tendina e cosa vede? L'ombra di un'anima in pena. Si aggira sotto il porticato. Il vento le strappa i lamenti di bocca. Li sparpaglia in mezzo alle folate. La Bosona non ha dubbi. Si tratta del fantasma del defunto marito di Alba. Si agita imbronciato dopo aver saputo, nell'aldilà, che Alba, nell'aldiquà, era diventata una vedova consolabile. Lesa unità coniugale. Oltraggio al pudore. Vilipendio alla vedovanza. La Bosona, molto scandalizzata, telefona di volata al parroco.

Il parroco arriva armato di acqua santa. C'è anche il sacrestano. Il parroco spruzza benedizioni con la cotta che svolazza al vento. Il sagrestano mena fendenti con una scopa. Il povero fantasma se la dà a gambe. Tra gemiti, lamenti, scompensi di cuore e sobbalzi di cagarella incontinente. La fuga è affannosa e senza cognizione. Inciampa. Cade. Si rialza. Inciampa di nuovo.

35

Quell'ombra non era l'anima in pena del defunto marito di Alba venuto dall'aldilà.

Ero io, venuto dall'aldiquà! Per la precisione, da casa mia. Mi affannavo in cerca di una maniglia di qualche porta del porticato per entrare. Un gatto, da una parte imprecisata della notte, lacerava il buio con miagolii lancinanti. *Miaoooooo*.

Era vero. Mi aggiravo come un'anima in pena sotto il porticato della villa, ma non ero solo un anima in pena. Ero anche un corpo in pena. Non in pena da trapasso, ma in pena d'amore.

Era una notte ventosa. Tutto fluttuava al vento. Nubi, luna, panni stesi, angeli di Chagal. Avevo telefonato ad Alba. Il telefono squillava a vuoto. La chiamo al cellulare. Alba non risponde. Che abbia avuto un infarto? Ormai ho l'ossessione degli infarti. Decido di andare a vedere di persona.

Inforco la bici. Pedalo contro vento. Sbattuto da una parte all'altra della strada come una scialuppa alla deriva. Stringo i denti. Stringo le chiappe. Ho paura che i cani maledetti me le addentino.

Raggiungo la villa. Scavalco il cancelletto. Un gatto miagola le sue pene d'amore che sono come le mie. Lancio un richiamo che si perde nel vento, Alba, Alba, amore mio, arrivo a salvarti.

Alba non c'èèè, ulula una voce fuori campo.

E allora dov'èèè? Urlo la domanda perché il vento non me la strappi di bocca e la sparpagli lontano.

A Sirmioneee, risponde la voce fuori campo.

E allora io cosa cavolo ci faccio qui?

Sei in un incubooo, risponde la voce fuori campo.

In un incubo?...

Si tratta di un incubo da sindrome abbandonica, mi spiega la voce fuori sogno. Roba da infarto.

È a questo punto preciso del sogno che mi sveglio di soprassalto. Tutto sudato. Annaspo e ansimo nel buio della stanza in cerca della verità.

36

Voleva trovare la verità, e la cercava con un'ansia appena paragonabile al timore di trovarla, spinta da un vento impetuoso incontrollabile più imperioso della sua alterigia congenita e della sua dignità: un supplizio affascinante.

Con questa stupenda frase il grande Gabriel García Márquez descrive la caccia alla verità che Fermina Daza intraprende sugli odori degli abiti di Juvenal Urbino. Odori che non riconosce come suoi e che la porteranno a scoprire il tradimento del marito.

A me gli odori non interessavano. E neanche ero posseduto da un'alterigia incontrollabile. Come per Fermina ero soggetto al tormento di quel "supplizio affascinante" che produce la gelosia amorosa quando un vecchio maschio cardiopatico s'incaponisce nel perseguire un sentimento per conquistare una donna dal dolce nome aurorale. Alba, appunto.

Avevo preso alloggio in una piccola pensione di Sirmione che Catullo aveva magnificato in una sua poesia. *Paeninsularum, Sirmio, insularumque ocelle.* Sirmione, pupilla delle penisole e delle isole.

Dalla finestra della locanda scorgevo un lembo di quel magico lago di Garda che aveva ispirato tanta produzione poetica di D'Annunzio: *Taci. Su le soglie del bosco non odo parole che dici umane.*

Musica di parole e immagini. *La pioggia nel pineto* ambientata sulle pendici delle colline di Gardone, costellate dagli olivi *che fan di santità pallidi i clivi e sorridenti.*

Le nubi, globose o strisciate, che sbocciano sulla sommità del monte Baldo. I tramonti oleografici e suggestivi oltre i colli azzurrini. I cigni dai colli arcuati. Gli anatroccoli processionari. I gabbiani trasvolatori. Le candide vele nell'azzurro del *cielolago*. Questo, era questo il magnifico contesto naturale che incorniciava, ahimè, il mio "supplizio affascinante".

37

Gli oleandri. Sono gli oleandri il simbolo del mio personale protocollo di abbordaggio ad Alba. Se al paese mi sono appostato dietro un vaso di oleandri, a Sirmione, invece, mi apposto dietro un vaso di oleandri che, assieme ad altri vasi, delinea lo spazio esterno di un bar che guarda sulla piazza dove sorge il castello scaligero. Qui sono rosa salmone. Al paesello mio sono rosa Tiepolo.

Non so dove abiti Alba. Ma so che qui a Sirmione, tutti, prima o poi, transitano davanti al castello. Turisti e indigeni. Ci passerà anche lei.

Seduto a un tavolino del bar, dietro il vaso di oleandri, attendo il passaggio di Alba. Tengo d'occhio la zona del castello e rifletto su quale metodo dovrò adottare per avvicinarla quando la vedrò. Intanto rimugino, tra un caffè d'orzo e un altro caffè d'orzo e un altro ancora, tanto che al cameriere non devo più spiegare cosa voglio da bere. Mi ha appioppato un nomignolo, Orzaiolo.

Orzo dopo orzo mi sono convinto che il metodo di corteggiamento di un vecchio maschio si basa sull'ossitocina che è un ormone prodotto del testosterone, mi pare. Comunque sia, l'ossitocina accresce i sentimenti di attaccamento e di amore tramite la modulazione dei circuiti cerebrali e i diversi effetti esercitati sull'amigdala. Devo averlo letto da qualche parte. Si vede che la mia personale produzione di ossitocina è abbondante se alla mia età, con un cuore rattoppato e un livello di colesterolo abbastanza alto, mi sono innamorato di una vedova che, anche lei, ha la sua bella età e che io seguito a vedere come una ragazza per la quale ho scritto una settantina di poesie. Un poco patetiche, ma molto sentite e ispirate. Tutta colpa dell'ossitocina e di quella specie di atteggiamento sentimentale che si chiama trasporto. Non di generi alimentari o altre cose. Di generi passionali.

38

Dopo quattro giorni di appostamento ho visto solo un mucchio di facce sconosciute e nubi. Un sacco di magnifiche nubi. Sono impastate dalle correnti aeree del lago di Garda. Le sbircio intanto che controllo il passaggio della gente. Sono stato preso dalla nefelemania. La mania di dare una forma alle nubi. Finora ho visto una quarantina di coni gelato, mezza dozzina di cavalli alati, un decina di vascelli e anche un pesce volante. Ieri ce n'era una che assomigliava a Danilo. Mi sembrava lui quando cammina ingobbito. Poi si è disfatta ed è diventata informe, finché il vento d'alta quota l'ha ridotta a uno straccetto insignificante.

Sapete cosa mi suscitano le nubi oltre a indurmi a dare loro una forma? Ricordi. Ricordi di altre nubi che ho visto nel cielo che sovrasta la villa di Alba mentre me ne stavo accucciato dietro il vaso di oleandri. Sono ricordi che mi addolorano. Mi riportano indietro nel tempo. I ricordi sono increspature della memoria. Vivere di ricordi fa male al cuore. E anche al fegato. "Se vuoi avere un domani migliore smetti di pensare al tuo ieri." Era scritto sopra una targhetta che ho visto in una bottega di bigiotteria qui a Sirmione. Freud non diceva forse che "la felicità è dimenticare"? Certo che lo diceva. E se lo diceva lui potete crederci.

In più c'è quel sutra di Patanjali, un grande guru. *Yoga Chitta Vritti Nirodha*, libera la mente dai ricordi che sono pensieri inutili, legati a un passato che non esiste più. Ci ho provato. Non è facile. Sono lì che rifletto sul *Chitta Vritti*, mentre sorseggio l'ennesimo caffè d'orzo, quando la luce del tramonto inizia a colorare il lago. Ed è proprio all'imbrunire del quarto giorno che la vedo. È Alba. Passa davanti al castello. Mi batte il cuore. E quasi mi si spezza per il dolore e la gelosia. Assieme a lei vedo anche il Gladiatore.

39

Se il caos è contrassegnato dall'imprevidibilità dei sistemi complessi, al contrario del logos che è contrassegnato dall'intelligenza strutturale dei sistemi, le palpitazioni cardiache che mi sono venute e che si susseguono dopo avere visto Alba assieme al Gladiatore sono più simili a un doppio caos che a un semplice logos. La mia mente va in tilt, assieme al mio povero cuore operato. E adesso anche ferito. Ferito dalla gelosia che è paura di perdere il possesso su chi si ama. Patanjali insegna che ci sono cinque *klesha*. Cinque tipi di afflizione. *Avidia*, non riconoscere la propria essenza divina. *Asnita*, il chiudersi su se stessi. *Dvesha*, la dipendenza. *Adbinivesha*, l'attaccamento morboso alle cose. *Raga*, la smania di possesso. Io sono *ragosissimo*. Come dire, gelosissimo.

Gabriel García Márquez racconta che l'amante di Juvenal Urbino, il marito di Fermina Daza, *era una mulatta alta, elegante, di corporatura forte*. Il Gladiatore è la sua versione maschile. Sputata. È alto. Elegante. Forte di corporatura. Io sono il suo giusto contrario. Sono basso. Trasandato nel vestire. Debole di corporatura. Cardiopatico. E, in più, sono diventato peggio di un Otello. Adesso cosa devo fare? Ordinare un doppio orzo corretto con grappa? Meglio, una doppia grappa corretta con orzo? Oppure buttarmi a ficco nel lago? Mi tocca deciderlo su due piedi. Ma chi è il Gladiatore? Il Gladiatore è un vecchio amico di famiglia di Alba. Un caro amico del suo defunto marito. Frequentatore assiduo della villa. Oltre che delle balere di tutta la Bassa. Grande ballerino. Uno degli uomini più galanti del paese.

Il Gladiatore è il soprannome di Gustavo Doni. E io, io chi sono in questo preciso e disgraziato momento? Un vecchio poeta col cuore ferito due volte. A causa di due bypass e per amore.

40

Su due piedi vengo afferrato da un terrificante attacco di gelosia. Ho la vaga sensazione che le nubi veleggianti sopra i merli del castello si facciano beffe di me. Hanno preso le forme di facce bislacche e beffarde. Mi deridono. Mi compiangono. È il Fattore Scatenante. Il *trigger*.

La gelosia è come la zampa unghiata di un rosso girifalco che ti artiglia il cuore. Il mio povero cuore non ha bisogno di essere artigliato. Ha solo bisogno di essere coccolato. Vorrei morire di un colpo secco. Di quelli che ti fanno esclamare, Ah, e poi ti stendono. Lì, dove ti trovi. Vorrei anche, in alternativa, andare a piantare un coltello da bar (me lo faccio imprestare dal cameriere) nel petto del Gladiatore. E poi dire ad Alba, visto cosa ho combinato per colpa tua?

Mentre la mia mente turbata svapora in questi pensieri, ecco, d'un colpo, mi balzano alla memoria i versi grandiosi della più grande gelosia mai raccontata da voce umana. Non quella del grande Willy Shakespeare. La voce di una donna. Saffo.

Sentite cosa dice Saffo quando scorge la sua amata in chiacchiere con un ragazzo affascinante.

Quell'uomo mi pare simile agli dèi / che ti siede di fronte / e ti ascolta dolcemente parlare da presso / e ridere amorosamente.

Tutte queste cose accadono a chi ama. Ma il loro collegamento ha prodotto il capolavoro, come scrive l'Anonimo del "Sublime". Sentite, sentite.

Questo mi fa tremare il cuore nel petto. / Come ti vedo non mi viene più la voce, / ma la lingua mi si spezza / e un fuoco sottile mi corre sottopelle / e non vedo più con gli occhi / e mi rombano gli orecchi, / il sudore scorre, / e un tremore mi prende tutta / e io divento più verde dell'erba / e appaio poco lontana dal morire.

41

E sempre su due piedi decido di non ordinare una doppia grappa corretta all'orzo, di non uccidere e di non buttarmi a ficco nel lago. Ma di seguirli. A debita distanza per non farmi vedere. In modo particolare per non farmi ridere dietro. In modo più particolare ancora per non prendere del cretino da Alba e per non prendere un cazzottone sul naso dal Gladiatore.

La luce striata di sangue del tramonto si irradia da dietro le colline, dalle parti di Salò. È tutto così incantevole, e così doloroso... Mi chiedo perché un vecchio cardiopatico come me abbia potuto perdere la testa per un'attempata vedova come Alba.

Mi viene in mente il titolo di un noto romanzo di Proust. Parafrasandolo, mi sono ritrovato a vivere e a morire all'ombra delle fanciulle sfiorite. Del resto non è che io sia un fanciullo in fiore.

È vero quello che diceva il saggio Aldo Caramella, detto Rosmarino, *Gli uomini bussano, ma sono le donne che aprono la porta*.

Adesso io sto bussando a vuoto. Con colpi flebili. Il Gladiatore invece sta bussando con colpi sonori.

I due salgono sul vaporetto diretto a Desenzano. Salgo anch'io dopo avere comprato un biglietto al botteghino con fare spiccio e circospetto. Più che uno spione, mi sembra di essere un ladro. Molto sprovveduto e imbranato. Mi sistemo dietro una tedesca cicciona che confabula col marito. Pure lui tedesco e ciccione. Fonemi gutturali teutonici.

Da dietro le schienone dei due tengo d'occhio Alba e il Gladiatore. Si sono appollaiati, come colombi, accanto alla transenna del parapetto. Osservano il tramonto. Bisbigliano. Sorridono. Come fanno gli innamorati. Per la gelosia ho un improvviso conato di vomito. Resisto. Poi mi vomito addosso. Cioè dentro di me. In un silenzio sofferto.

42

Ho un fitta dolorosa al costato.

Penso che il dolore non sia che un teso e disperato attaccamento alla vita, nel tentativo di resistere alla fragilità dell'esistenza. È una delle sensazioni più concrete. Chi prova dolore fisico sa di essere vivo. Qui e Ora. Con questa fitta entro nell'Eden. Non il Paradiso Terrestre, ma il Dancing. Stavolta il ruolo del Serpente è ricoperto dal Gladiatore. Con mosse sinuose sta ballando un valzer lento, troppo lento… con Alba.

Sono seduto a un tavolino, nascosto in un angolo della sala. Sto sorseggiando – indovinate cosa? – un caffè d'orzo. È la settima tazza. La cameriera mi butta un'occhiata, di tanto in tanto, e bisbiglia qualcosa nell'orecchio della collega. Me ne frego. Alba, nonostante la non più giovanissima età, intreccia mosse morbide. Non riesco a fregarmene. Il Gladiatore sembra un perfetto gigolò.

Sorseggio l'orzo, in tazza rigorosamente grande, e fremo di rabbia, e di gelosia, e di impotenza; e di disperazione. In questo momento vorrei non essermi mai innamorato.

Dopo un'ora decido che è arrivata l'ora di non soffrire più, magari sparandomi una revolverata in bocca. Ma solo metaforicamente. Non ho il revolver, solo la mia frustrazione. Mi allontano. Lascio Alba al suo destino con il Gladiatore.

Fuori scroscia una pioggia torrenziale. Cerco un taxi. Faccio segno a due di fermarsi. Niente. Mi inzuppo come uno straccio da pavimento. Finalmente un taxi si accosta. Salgo. Il taxista mi sbircia nello specchietto retrovisore. Devo sembrargli un povero cristo disperso nel deserto della tristezza.

Gli dico dove deve scaricarmi. Come un sacco vuoto.

Rivoli di pioggia sul parabrezza. I tergicristalli oscillano monotoni. È quella che si dice proprio una giornataccia. Meglio, una giornata di merda…

43

Dopo essere rientrato alla pensione, per farmi passare tutta la tristezza della gelosia e tutta la rabbia impotente che avevo accumulato nel cuore, nel fegato e anche nelle budella, ho passato il resto della notte, quello che restava della notte, davanti alla finestra della mia stanza che dava sul lago. Non ce la facevo a chiudere un mezzo occhio.

Mi sono messo a contemplare il panorama lacustre.

Senza pensare. Un vento leggero aveva spazzolato il cielo, sgombrandolo dalle nubi. Le stelle brillavano come lucciole ammiccanti. Le rive del lago erano punteggiate da piccolissime luci che costeggiavano le sponde. E da una parte, la luna.

Dopo tutto quel temporale fracassone, pieno di tuoni, di lampi e di scrosci, e dopo tutto quel dolore vissuto a denti stretti nell'*Eden*, non il Paradiso, ma il Dancing, era ritornata la luna, lucidata come nuova dal vento di alta quota.

Pennellava il buio con spatolate lattiginose. I riverberi increspavano l'acqua. Attorno c'era il grande silenzio dell'universo. E c'era anche l'alito del grande mistero della vita, della morte e, specialmente, dell'amore. Tutta la gioia e tutto il dolore dell'amore.

Sono rimasto alla finestra finché un chiarore, in punta di lingua, aveva incominciato a lambire le colline verso oriente. Mano a mano si allungava nello spazio per leccarsi le sponde come la lingua di un geco. Fino a riempire di alba aurorale il panorama. Ancora lei, l'alba. E con l'alba quel senso di amore per una donna che non ero capace di dimenticare e che portava il nome della fase più trascendente della giornata. Di tutte le giornate del mondo, quando la nascita della luce rinnova i colori delle cose.

Allora sono sceso al bar. Ho ordinato, indovinate cosa? Un orzo. Dopo il primo sorso mi sono addormentato. Seduto al tavolino.

44

Cosa ci faccio ancora a Sirmione? Ormai ho visto e appurato quello che non avrei mai voluto vedere e constatare. Alba se la intende col Gladiatore. Il bello, il forte, l'elegante Gustavo Doni. E, per me, anche stronzo. Tutta invidia la mia, si capisce.

Rientro al paese beffato, stordito, annichilito, mazziato, stremato, cornuto, ingelosito, incazzato! Ma non vinto. Solo disorientato. E per di più innamorato di una donna che non mi ama. Dio, Dio mio, quante sfaccettature ha questo fenomeno umanoide che noi chiamiamo amore!

Un giorno incontro Danilo, il gobbo che non è gobbo, ma che cammina ingobbito. Mi adocchia e capisce che c'è qualcosa che non funziona. Pensa subito al mio cuore. Non quello operato, quello ammalato d'amore.

Ormai sul punto di congedarsi, fece un commento casuale sulla visita medica del mattino, sapendo che niente è più gradito a un malato che parlare delle sue malattie. Lo racconta Márquez.

La mia malattia si chiamava Alba. Il commento casuale è di Danilo, dopo aver saputo perché, a grandi linee, mi ha trovato così giù di corda.

Eh, mi consola lui, sei ritornato con le dive nel sacco.

Voleva dire “le pive nel sacco”.

Poi, per tirarmi su, nel suo solito modo sconnesso, aggiunge, non pensarci, il mondo è bello perché è avariato.

Ma stavolta sono d'accordo con lui. "Avariato" è l'attributo che si addice meglio al mondo in cui mi hanno precipitato Alba e il Gladiatore.

Ma non è finita qui la tribolazione di un povero cardiopatico ferito nell'amore. E nell'onore.

45

È meglio essere feriti nell'onore o nell'amore? Ci penso e non so cosa rispondermi. So che è notte fonda. Non riesco a chiudere occhio, nonostante gli ansiolitici e tutti gli induttori di sonno. Ne ho buttato giù una dozzina. Ma non c'è analgesico che possa placare le pene d'amore.

...a furia di conviverci nell'immondezzaio della vecchia", come dice il grande Gabriel, ci si abitùa a dormire con gli occhi aperti. Entrambi insonni.

Juvenal Urbino, di puntinbianco, si era ritrovato *perso nel labirinto della signorina Lynch*, io in quello di Alba e del Gladiatore. Districarsi nei labirinti dell'amore è difficile. Non se ne esce.

Il povero Juvenal *a volte si svegliava come un pesce senz'aria da respirare. Aveva acqua nel cuore.*

Io nel cuore ho un battito strampalato. Aritmia. Oh, nooooooo! Il mio urlo si spegne nella notte e nella casa vuota. Mi tocca ritornare in ospedale.

Gli amori senili o sono piani e senza scossoni, oppure non dovrebbero mai sbocciare. Ma che dico sbocciare. Niente sboccia quando c'è di mezzo la vecchiaia.

Invece non è così. Anche i vecchi hanno delle infiorescenze e dei bocci. Tardivi. Patetici. Ma sempre bocci sono.

Aspetto un poco prima di telefonare al Pronto Soccorso. Tento di rimettere in sesto il ritmo cardiaco con delle respirazioni yoga. Niente da fare. Mi rassegno. Chiamo il Pronto Soccorso. Poco dopo, si fa per dire, arriva l'autoambulanza.

Per favore, biascico agli infermieri, niente barella e niente sirena.

Loro mi coricano, a forza, sopra una barella. Mi infilano nell'autoambulanza e via. A sirena spiegata. Perfetto. Sono felice. Da morire.

Mi ritrovo in ospedale, così come Juvenal si era ritrovato *nel labirinto della signorina Lynch.*

46

Disordini? Il dottore di turno me lo chiede con un'aria indagatrice, di rimprovero. Il tipo di strapazzi che intende lui sono del tipo che intendo anch'io.

Purtroppo no, rispondo con un filo di voce.

Va bene, borbotta, stia calmo, fra tre o quattro ore l'aritmia le passerà. Intanto le somministro tre flebo di amioderane.

Ritornano i fantasmi del periodo postoperatorio, quando per due giorni ho avuto una siringona piena di amioderone ficcata nel collo.

Non voglio pensare ad Alba. Voglio solo pensare al mio vecchio cuore, perché possa recuperare il tempo del ritmo perduto. Oh, Proust, amico mio...

Le ore sono diventate due giorni. L'avere scoperto Alba col Gladiatore mi ha procurato un'aritmia di quelle toste. Dopo una trafila ininterrotta di dormiveglia che solo chi è stato in ospedale può conoscere, apro gli occhi. E chi vedo davanti al mio letto? Lei. Alba. E assieme a lei chi c'è? Lui. Il Gladiatore. Vorrei buttarmi dalla finestra. A capofitto. Invece mi butto in una stupefazione allocchita.

Come va? Mi chiede Alba.

Trangugio saliva senza riuscire a rispondere. Mi viene la voglia di buttarle le braccia al collo. Ma non saprei dire con chiarezza se per abbracciarla o per strangolarla.

Come va? Mi chiede a sua volta il Gladiatore.

Di merda, rispondo. Ma non glielo dico. Lo penso soltanto. Farfuglio qualcosa.

L'aritmia ti è passata, mi annuncia Alba, sei stato dimesso. Siamo venuti a portarti a casa.

Mi ausculto il battito del polso. È vero! Il tamburo è ritornato a battere regolarmente. Mi sembra di essere risalito da una fogna. Adesso Alba la bacerei. E forse anche lui, il Gladiatore; anzi, meglio di no, non è il mio tipo…

47

L'amore, quando c'è, e fintanto che c'è, ti può riempire la vita. Altrimenti te la svuota. Parole sacrosante di Aldo Caramella, detto Rosmarino. Noto come il saggio.

Incrocio la Bosona dalla droghiera cicciona, Anna Cavagna, Droga per gli amici.

La Bosona, invece, non ve l'ho detto, si chiama Eleonora De Marchi. Un nome così nobile sostituito bellamente da quello di Bosona a causa del viziaccio di "bosare" tutti quelli che transitano nelle vicinanze di casa sua.

Dopo avere ordinato tre etti di mortadella, ma di quella tenera tenera, la Bosona mi fa, allora, ho sentito che è stato in ospedale.

Droga tende l'orecchio intanto che affetta la mortadella. Dicono che Droga se la intenda con Nando Pasquali, l'antico spasimante di Rossella Ceci, quella che ha avuto un figlio dal meccanico. Non la figlia del barbiere, no, la figlia di suo cugino, quello che, be', lasciamo perdere. La storia dei paesi è fatta anche di questi episodi.

La Bosona mi fa, ho sentito che è ritornato da poco dall'ospedale.

Ehssì, borbotto io, il cuore mi era andato in tilt e il colesterolo alle stelle.

Eh, aggiunge lei, buttando un'occhiata eloquente a

Droga che seguitava ad affettare la mortadella, certe donne fanno strapazzare il cuore. Ha ancora intenzione di passare dalle mie parti?

E lei, ribatto, ha ancora intenzione di liberare uno di quei maledetti cani?

Droga, a forza di tendere le orecchie, non si è accorta che invece di tre etti di mortadella ne ha affettata mezzo chilo. Alla Bosona le tocca pagarla tutta, altrimenti Droga è capacissima di spararle un cazzottone sul naso. E la Bosona, stesa kappaò sul pavimento, diventerebbe la Nasona.

48

Intanto che mi cuocio il riso mi sovvengo delle parole della Bosona.

Ho ancora intenzione di passare dalle sue parti per andare a trovare Alba? Dopo tutto quello che ho visto e patito? Visto il Gladiatore che, bello come il sole, si spupazzava Alba durante un valzer lento? Patito l'aritmia e il colesterolo schizzato alle stelle? Oltre ai patemi d'animo e alle ansie emotive degli ultimi giorni?

Per essere sincero, devo riconoscere che sono stati loro a venirmi a prelevare all'ospedale dopo che il cuore si è messo a girare per il verso giusto. Dovrei essere riconoscente?

In fondo uno può vivere una vita e non avere capito niente dell'amore o di quello che credeva fosse amore. Non c'è sesso, diversità di razza, di cultura e di religione. Quando l'amore arriva è un vortice che ti prende i sensi e il cuore. Meglio andare dove ti porta che resistergli. Meglio anche lasciarsi andare che trattenere lo slancio per poi appassire prima di essere fioriti. Meglio rischiare e scendere in campo che restare nello spogliatoio.

In fondo l'amore è una questione anche di pelle oltre che di spirito. Un fatto di alchimie prodotte dai feromoni, dall'ossitocina, dalla vasopressina e da altre sostanze endocrine che si mescolano nell'ipotalamo o nella amigdala per fare scaturire quell'impasto particolare che ti sospinge verso la bocca di un'altra persona. Donna o uomo che sia.

Insomma, tutto sommato, pur di rivedere Alba, ho deciso di ripassare dalle parti della Bosona, col pericolo di farmi addentare le chiappe da un cane.

Per celebrare l'incontro ho scritto una poesia. Gliela andrò a leggere bello come il sole.

49

A quel punto Juvenal Urbino era così sicuro della sua decisione che alle cinque del pomeriggio non passò dalla casa della signorina Lynch.

Al contrario di Juvenal, sono così sicuro della mia decisione da precipitarmi da Alba alle cinque del pomeriggio. Le fatidiche cinque del pomeriggio di un altro García. García Lorca. Devo leggerle personalmente la poesia. Non solo di fronte a lei, ma anche a Mimosa, la gatta.

Alba si prepara ad ascoltare la mia declamazione. Si accende una sigaretta. Mimosa sonnecchia e mi fissa con un occhio "aprito e l'altro chiusato". Come ama dire Danilo, l'ingobbito. È una delle sue deformazioni verbali preferite.

Alba, nome aurorale
Mi hai fatto stare male
Ma cosa conta
Se il sale
Della vita
L'amore
Mi ha fatto battere il cuore
Tanto da mandarlo in aritmia?
Oh tu, che non sei più mia

Ma del Gladiatore.
Oh tu, perduto Amore.

Come come? Interviene subito lei. Ripeti le ultime parole, per cortesia.

Oh tu, che non sei più mia / ma del Gladiatore. / Oh tu, perduto amore.

Alba all'improvviso sbotta in una fragorosa risata. Squillante. Effervescente. Giocosa. Dal gran ridere le vengono persino le lacrime agli occhi. Se le asciuga con un fazzoletto di lino. Rimango perplesso. Sconcertato. Non capisco. Cosa ho detto per farla ridere così di gusto?

50

Chi *credette di morire d'allegria* era Fermina Daza quando aveva sentito arrivare alle sue spalle Juvenal con quella frase, *Meglio arrivare in tempo che essere invitato.* L'aveva messa di buonumore. Di solito questo passaggio di Márquez risulta di dubbia interpretazione per il lettore.

Alba però potrebbe spiegarmelo. Ma lei, come Fermina, ha creduto *di morire d'allegria* a causa della mia poesia e l'ha commentata con una risata che, a pensarci, mi ha ferito profondamente. Il mio componimento voleva essere un ultimo richiamo d'amore. Struggente. Un addio muto. Un'accettazione sofferta di come si era messa la situazione. Lei ama il Gladiatore? Bene. Cioè, male. Ma se le cose stanno così, pazienza, le accetto in tutta la loro realistica crudeltà.

Sono o non sono un uomo, seppure vecchio e cardiopatico e col colesterolo in eccesso? Certo che lo sono. So guardare in faccia alla realtà, anche se mi procura sofferenza. Dolore che ho cercato di annegare nel vino. Solo una bottiglia di Lambrusco. Ho bevuto per dimenticare. Invano.

Ieri c'è stata una convergenza fraterna. Sono arrivati i miei due fratelli. Il prete e l'attore. Il prete dalle regioni angeliche, quando celebra messa. Sataniche quando esorcizza gli indemoniati. L'attore da quelle palcosceniche.

Mi hanno trovato un poco sbiellato. Ho spiegato loro che è questione di cuore. A volte perde il ritmo.

Il prete, dopo avermi fissato negli occhi, ha detto, ti do una benedizione per liberarti dal demone che ha nome amore. L'attore, dopo avermi fissato negli occhi anche lui, ha sospirato, il solito dramma del cuore. L'attore è ripartito per raggiungere le contrade teatrali. Il prete per raggiungere quelle religiose. Sono rimasto solo. Col colesterolo in crescita. E il cuore doppiamente ferito. Operato e innamorato di Alba.

51

Alle sue spalle, una voce di donna sembrò leggergli nel pensiero.-:Dio mio, è più lungo di un dolore!- Fu l'unica cosa che disse, frenata forse dalla risonanza della sua voce nella penombra.

La *risonanza della sua voce della penombra*. Che finezza descrittiva! Però Márquez non spiega bene se a pronunciare quella frase sia stata Leona Cassiani oppure Fermina Daza. È più probabile che sia io a non capirlo. Ci vorrebbe Alba.

Ma Alba se ne starà nel patio della sua villa a chiacchierare col Gladiatore mentre sorseggiano un tè freddo. Perché oggi il paese è immerso nell'afa tipica della Bassa, e punteggiata dalle zanzare.

Anch'io ho sentito una voce alle mie spalle. Non quella di Leona o di Fermina. Quella di Danilo, il non gobbo ingobbito. È successo al bar del Banana.

La banana crinuta era così vistosa che si è imposta come simbolo soprannominale invece di Elvis. Be', sarebbe stato più logico.

Io ero appoggiato al bancone a bere il mio solito caffè d'orzo, quando ho sentito la voce di Danilo. Se ne stava seduto al tavolino dietro di me.

Dio mio, è più lungo di un dottore.

Voleva dire "È più lungo di un dolore". La stessa frase

pronunciata da Leona. O da Fermina.

Allora mi è subito balzato in mente il dubbio che da sempre mi attanaglia quando leggo questa frase nel libro di Márquez. E un'idea mi balena nella mente: quello che di norma mi limitavo a pensare dovevo metterlo in pratica: Alba, dalla prima volta, mi aveva dimostrato di saper interpretare anche le pieghe più riposte de *L'amore ai tempi del colera*; ebbene avrei chiesto a lei di spiegarmi chi delle due donne avesse pronunciato quella frase. Non che mi importasse più di tanto saperlo. Questo dettaglio non aggiungeva o toglieva nulla alla bellezza del romanzo in questione. Ma la scusa era buona (o non buona. A questo punto, chissenefrega) per andare a trovare Alba e chiederle delucidazioni in merito.

52

Quella frase, molto incisiva, mi spiega Alba, esprime la natura maligna del dolore che si prolunga nel tempo. Chi la pronuncia è Fermina Daza, seduta alle spalle di Florentino. Leona Cassiani, la mulatta, è seduta accanto a Florentino Ariza, il quale sobbalza nel riconoscere il tono della voce di Fermina che non vedeva e non sentiva da molto tempo. Hai capito?

Annuisco come uno scolaretto.

Mi ricordo di quando in ospedale, la prima volta, Alba mi fece l'esegesi di un passo del capolavoro di Márquez. Nel nostro caso il libro galeotto. Anzi, solo nel mio, dato che Alba non mi corrisponde...

Me ne sto in silenzio a guardarla. Meglio, a contemplarla. Come quell'innamorato che, bello come un dio, sta di fronte alla fanciulla descritta da Saffo nella sua famosa poesia, ripresa poi anche da Catullo con l'attacco *Ille mi par esse deo videtur*.

Alba mi sembra tanto bella, tanto divina, e anche tanto stronza. Perché si è messa col Gladiatore? Perché ha ridacchiato all'ultima poesia che le ho letto con un trasporto costernato e struggente?

Alba, perché hai riso della mia ultima poesia? Mi sorprendo a domandarglielo, quasi che la voce non sia la mia voce, ma di un demone interiore che ha parlato senza che io me ne rendessi conto.

Ma caro, risponde lei con la voce più melliflua della sua collezione fonetica, mi hai attribuito un amore per Giuseppe Doni, ti rendi conto?

Perché, non è così?... Ribatto col cuore in subbuglio.

Ma caro, Giuseppe Doni è gay. Non lo sapevi?

Rimango sorpreso per la fantastica, inattesa notizia. *Huauuu*! Urlo di gioia. Come un ragazzino.

53

A questo punto tutta la storia ricomincia da capo. Il gioco non è ancora fatto. La roulette dell'amore seguita a ruotare e la pallina slitta sul bordo della superficie in cerca del numero vincente.

Florentino Ariza non si ricordava di Dio se non nelle situazioni più difficili, ma quella volta lo ringraziò con tutta la sua anima.

Márquez ha centrato in pieno il mio stato d'animo.

In un silenzio istintivo e interiore ringrazio Dio, i Santi, la Madonna, gli Angeli, custodi e non, i Beati e anche mia madre che di sicuro è in Paradiso assieme a mio padre. E non dimentichiamo i Martiri. In modo specifico ringrazio Dio per l'omosessualità del Gladiatore. Contento lui, contenti tutti. Meno i bigotti, i maschilisti, i preti falsi, gli etero coi paraocchi e le inibizioni.

Allora, posso ricominciare da capo, mi viene da sussurrare ad Alba.

In che senso? Mi chiede lei sorniona.

Eh, rispondo io impacciato e con un accenno di rossore senile sulle gote, insomma, a corteggiarti.

Alba sospira, però, mio caro, a un patto. Basta poesie. Sono sufficienti quelle che hai già composto finora. E poi basta appostamenti dietro gli oleandri. E basta stupidi pedinamenti come quelli che hai messo in atto a Sirmione.

Te ne eri accorta?

Come facevo a non accorgermene? Il cameriere del bar accanto al castello è mio amico. Un giorno, mentre bevevo una cosa assieme a Giuseppe, il Gladiatore, mi ha riferito che c'era uno strano tizio che consumava venti caffè d'orzo al giorno. Non potevi essere che tu, mio caro. Una volta ti ho anche scorto con la coda dell'occhio. Ho fatto finta di niente. In fondo la situazione mi piaceva e mi divertiva.

54

La Bosona quando mi vede passare con un mazzo di rose, diretto alla villa di Alba, diventa verde dalla rabbia. È curiosa marcia. Mentre, come sua abitudine, finge di pulire i gradini davanti casa, i colpi della scopa accelerano sulla cadenza concitata dei battiti rabbiosi del suo cuore da spiona incallita. Quasi patentata.

I cani? Possono addentarmi le chiappe fin che vogliono. Non sento più niente. Tra l'altro mi sono fatto rinforzare il didietro di tutti i pantaloni.

Qualche strappo resta. Restano anche i lividi con il marchio dei denti di qualche molosso. Ma ne vale la pena. Vedere Alba, parlare con lei, per me ha il senso del senso più profondo della vita. Dio a parte, si capisce. In modo particolare dopo che ci siamo scambiati il primo bacio. Indimenticabile. Come è successo?

Stiamo facendo quattro passi nel parco. Io stringo Alba alla vita. Siamo due vecchi innamorati. Lo sappiamo. A un certo punto lei inciampa.

Florentino Ariza era molto sensibile a quegli inciampi dell'età. Ancora giovane, interrompeva la lettura di versi nei giardini per osservare le coppie di anziani che si aiutavano a vicenda ad attraversare la strada, ed erano lezioni di vita che gli erano servite per intravedere le leggi della sua stessa vecchiaia. Bellissimo. Io sorreggo Alba.

Sul gesto mi è venuto in mente un aforisma di un arciere zen, *Se tremi non c'entri il bersaglio*. Non ho tremato. Ho centrato le sue labbra. L'ho baciata. E lei si è fatta baciare. A lungo. La mia pressione arteriosa è salita a mille. Il colesterolo anche.

Credevo di avere raggiunto il traguardo dei miei sospiri da vecchio cardiopatico innamorato. Invece ero solo al punto di partenza. L'amore è sempre da ricominciare. A tutte l'età.

55

Non abbiamo ancora consumato. Nel senso che non abbiamo ancora fatto l'amore. E finché non si è fatto l'amore il rapporto non è consolidato come si deve. Può frantumarsi da un momento all'altro. Alba è molto riservata. Io sono molto cardiopatico. Assieme abbiamo solo consumato delle pizze in una pizzeria di un paese qui vicino. Si chiama "Il trogolo". La pizzeria, non il paese.

Un giorno Alba mi affronta senza preavvisi. Vuoi vedere, penso con apprensione, che c'è di mezzo la mia paura di andare a letto con lei? Invece no. Ci sono di mezzo i sassi. I sassi? I sassi.

Un'amica, mi dice con un piglio da suocera più che da amante, mi ha riferito che raccogli dei sassi per strada. È vero?

Annuisco, è vero, che c'è di male?

Fai la figura di un pazzo. Sai bene com'è il paese.

Decido di affrontare l'argomento, e allora?

Se fai delle cose strane, come raccogliere sassi per strada, il paese ti stigmatizza in eterno come il pazzo che raccoglieva i sassi.

Tesoro, la interrompo, i sassi se li osservi con attenzione alla lente d'ingrandimento, rivelano degli spazi affascinati, dei brillii insoliti. Vuoi vederne uno?

Lei sbuffa, d'accordo, mostramelo.

Estraggo dalla tasca un banale sassolino da strada e glielo porgo. Ha un foro con inclusi due granuli di quarzo. È una piccola drusa. Glielo metto sotto il naso, guarda, le dico, e le allungo una lente da tasca. Alba accosta la lente al sassolino. Osserva con attenzione scrupolosa. Poco dopo me lo riconsegna.

Va bene, dice con un breve sospiro di tolleranza, ma piantala di raccogliere sassi per strada. Quanto meno, fa' in modo che non ti vedano.

E mi manda un ammicco di intesa amorosa.

56

Non ho smesso di raccogliere sassi per strada. Anche se qualcuno mi vede. Lei lo sa, ma finge di non saperlo. Anche questo è amore. Però non abbiamo ancora fatto l'amore. E, credetemi, è importante per saldare il rapporto di coppia. Condividere l'intimità dei corpi cementa il rapporto.

Non so se Alba ci pensa. Io sì. Vuoi vedere che mi ha preso la *libido sentiendi* come chiamava la concupiscenza dei sensi Pascal? Sarà una forma di rivalsa contro la mia paura di non farcela. Il cuore, maledetto! Prima o poi dovrò affrontare l'argomento con Alba. Forse lei non vuole parlarmene per non mettermi in imbarazzo. Penso che mi toccherà escogitare qualche cosa per metterla di fronte alla situazione. Come dice il saggio Aldo Caramella, detto Rosmarino, *A forza di rimandare rischi di fartela addosso*. Giusto. Anche se volgare. Ci sono concetti che non possono essere espressi se non in modo volgare.

Mimosa, la gatta, ieri mi ha guardato in modo strano. Ho avuto la sensazione che mi volesse chiedere cosa ci vengo a fare di continuo a casa della sua padrona.

La corteggio, avrei voluto risponderle. Ammesso che la gatta possa comprendere le mie parole. E anche fare l'amore con lei, avrei voluto aggiungere. Sempre che la tua padrona lo voglia. Due giorni fa ho preso il coraggio a due mani e le ho chiesto, lo vuoi? Non alla gatta. Ad Alba.

Vuoi cosa? Ha ribattuto lei.

Le ho risposto, fare una passeggiata.

Non ho avuto il coraggio di dirle, fare l'amore con un vecchio cardiopatico come me. Tuttavia mi sembra di avere scorto nei suoi occhi una scintilla di accondiscendenza. E di dubbio…

57

Se non avessi problemi di cuore, anche se non sono più giovane, avrei già fatto il mio dovere. Invece esito. Ho saputo di cardiopatici che fanno l'amore senza problemi. Ho anche saputo di ragazzi che, dandoci dentro senza problemi, sono scoppiati per un infarto fulminante. Proprio mentre ci davano dentro senza problemi.

Io preferisco andarci cauto. Per un cardiopatico della mia natura bisogna che maturi il tempo giusto e si crei il climax adatto. In uno spazio specifico. Deciderà il Destino. Mai forzare gli eventi. Specie quelli dell'amore.

E non si creda che un vecchio infartuato non percepisca le antiche pulsioni care a Freud. Certo, la potenza d'amare si indebolisce. Tuttavia la sensibilità resta. Sopra pelle e sotto pelle. A differenza di un anziano uomo non operato al cuore, il cardiopatico ha una paura fottuta. Quella di restarci secco e di ritrovarsi, nel bel mezzo del piacere, di fronte a San Pietro che gli domanda, cosa stavi facendo di bello?

Come diceva Sainte-Beuve, la vecchiaia di bello ha solo che è l'unico modo che si è trovato per vivere a lungo. Anche se a scartamento ridotto.

In compenso il rapporto tra me e Alba è diventato di dominio pubblico. Lo conosce e lo segue tutto il paese. Quando il parroco, preoccupato perché venga rispettata la parola del Signore, mi chiede se ci sposeremo, io lo rassicuro, non si preoccupi don Anselmo, non voglio vivere con Alba *more uxorio*.

Ma quello che voglio davvero dire è, senza avere fatto ancora l'amore con lei…

58

Il cellulare di Alba suona a vuoto. L'ho chiamata diverse volte. Sono preoccupato. Mi precipito in bici alla villa. Pigio ripetutamente il pulsante del campanello del cancelletto che dà sulla strada. Nessuno scatto di apertura. Con molta fatica scavalco il cancelletto. Scruto dentro la porta finestra. Nessuno. Picchietto ai vetri. Niente. Incomincio ad andare in corto circuito.

L'assenza di Alba mi mette in ansia. Non fa bene al mio povero cuore senile e bypassato. Un grido disperato mi esplode dal profondo dell'animo. Muto. Afono. Albaaa, dove seiiiii? Come in un incubo. Mi viene in mente quello che ho sognato tempo fa. Una premonizione? Oggi, al paese, è giorno di mercato. Mi ci precipito.

Fu un presagio dei più terribili perché si alimentava nella realtà. Dietro erano rimasti gli anni dell'attesa immobile, di tutte le speranze fortunose, ma all'orizzonte non si scorgeva niente altro che il pelago insondabile delle malattie immaginarie, le minzioni goccia a goccia nelle albe insonni, la morte quotidiana all'imbrunire. Pensò che ognuno dei momenti del giorno che prima erano stati suoi alleati, suoi complici, incominciasse a cospirare contro di lui. Márquez descrive in modo mirabile, anche se un po' barocco, l'istante in cui Florentino vede Fermina traballare e poi scomparire all'uscita dal cinematografo. Io, Alba, nemmeno l'ho vista scomparire. Semplicemente non c'è più.

In mezzo alle bancarelle incrocio Gino Pio, detto il Ruttatore. Ha vinto una gara di rutti durante un festival della birra. Ha sparato un rutto di tre minuti e due secondi.

Gino, Gino, hai visto Alba?

Chiiiuuurg? Rutta lui. È nel suo stile fonetico.

Gino è un ruttatore sordastro. Lo lascio perdere.

59

Col cuore in tumulto, un tumulto da infartone, seguito a cercare Alba. Poco più in là vedo il Gladiatore.

Gladiatoreeee, hai visto Alba?

Perché?

Come perché? Non risponde al cellulare, non l'ho trovata a casa sua. Non c'è. È scomparsa.

Ma va! Alba non scompare, ridacchia lui. Sarà andata a Mantova a farsi la messa in piega.

Ma non mi ha detto niente.

Perché lo avrebbe dovuto dire a te, scusa?

Perché la amo. Insomma…

Il Gladiatore si mette a ridere, scuote la testa, anch'io la amo, ma non vado in tilt per il semplice fatto che non la trovo a casa sua.

Ma io la amo davvero, tu la ami per finta.

Il Gladiatore sbotta in una risata. Poi fa un gesto morbido. Da gran dama. Come per dirmi, sciocchino. Lascio perdere anche lui. Continuo ad aggirarmi tra le bancarelle col fiatone di un cane da caccia che ha perso l'usta della lepre.

Incontro Danilo più ingobbito che gobbo. Ma oggi mi sembra gobbo davvero.

Danilooo, hai visto Alba?

Chi la fa l'accetti, risponde lui.

Ma che cavolo c'entra? Gli urlo sul muso.

Non so, ribatte lui, ma è un bel proverbio.

Al diavolo anche Danilo! Più ingobbito che gobbo.

Dopo cinque minuti di ricerca affannosa che mi sembrano cinque secoli da incubo, la vedo. Corro verso di lei. L'afferro per le spalle. La giro verso di me, Alba! Tesoro.

Lei sbarra gli occhi. Caccia un urlaccio. Non è Alba. La gente mi guarda male. Non sono quello che sembro. Un violentatore. Chiedo scusa alla signora. Tento una spiegazione che non mi viene. A questo punto il mio cellulare si mette a trillare.

60

Per agitazione non riesco a leggere il nome sul display. Pronto, pronto…

Dove ti sei ficcato?

Alba! Tesoro, dove sei?

Dove sei tu? È da un'ora che ti aspetto qui al bar dove ci eravamo dati appuntamento. Non ricordi?

Ho avuto un vuoto di memoria. I circuiti della mia amigdala si sono strinati. La vecchiaia.

La verità è che, per i criteri della sua epoca, Florentino Ariza aveva oltrepassato i confini della vecchiaia. Aveva cinquantasei anni.

Io di anni ne ho molti di più. E in più ho anche un cuore bucato, il colesterolo che mi fa tribolare, la pressione tenuta a freno dalle pillole e adesso anche la memoria in corto…

È vero, accidenti, biascico nel cellulare, me lo ero dimenticato. Ma tu, scusa, con che cosa mi stai telefonando?

Come sarebbe a dire, con cosa ti sto telefonando? Ma col mio cellulare, perbacco!

Impossibile, ribatto io.

Impossibile un corno, ringhia lei, non sono ancora diventata del tutto rimbambita, ce l'ho incollato all'orecchio.

Ma se ti ho chiamato ripetutamente e tu non mi ha mai risposto, reclamo io.

Che numero hai fatto?

Aspetta, tretrenovesetteduetrequattroquattro.

Lo sapevo, ridacchia Alba, non è il mio numero.

Non è il tuo numero? E di chi è?

Non lo so, sbuffa Alba, ma di sicuro non è il mio.

Ci penso sopra. Ora ricordo. È il numero di Nino Boni, detto Duedicoppe. Il mio compare di briscola. Morto tre mesi fa. Si è impiccato. Poverino, come poteva rispondermi?

Allora, vieni o no? ringhia di nuovo Alba.

61

Corro, volo da Alba. Entro con un sorrisino trafelato nel bar. Banana mi fissa di sottecchi. Mi rimprovera in silenzio per avere costretto Alba ad aspettarmi tanto a lungo. Ordino due bianchini. Il vino è un vasodilatatore. Fa bene al cuore.

Passeggio con Alba tra le bancarelle del mercato. Incontriamo una cugina di suo marito. Alba si ferma a salutarla. Lei guarda Alba di striscio e guarda me di traverso.

Eh, sospira la cugina di Alba, tuo marito, era un grand'uomo.

Alba annuisce, è vero, ma è morto sei anni fa.

Eh, seguita l'altra, non riesco a vederti senza mio cugino, il tuo amato marito.

Be', ma è morto, le assicura Alba, sei anni fa.

L'altra non si dà per vinta e seguita, sempre con quel sospiro accorato, eh, io non l'ho dimenticato. E mi guata con disprezzo.

Neanche io, dice Alba, ma è morto, sei anni fa.

Ma per me è sempre vivo, piagnucola l'altra, mentre mi fulmina con un'occhiataccia. Accidenti, mi fa sentire colpevole di essere ancora al mondo.

Alba sbuffa e le assicura che suo marito è proprio morto. Morto e sepolto. Sei anni fa. Sei-anni-fa.

L'altra scuote il capo e si allontana. Alba si sofferma a controllare dei vestiti. Si avvicina una sua amica. Gorgheggia, Albaaa, sei uno splendoreee! E mi ammicca. Io mi guardo attorno. Cavolo, ce l'ha con me. Mi fissa e dice ad Alba, caaaraaa, hai fatto beneee, ci vuoleee coraggio nella vitaaa! Io sono solaaa, tanto solaaa. E mi sorride. Allusiva.

Ma questa cosa si è messa in testa? Che uno col mio cuore bucherellato possa essere disposto a fare il galletto in due pollai? Senza contare che amo Alba. Abbiamo le classiche affinità elettive. Lei mi basta, e avanza.

62

Mi basta e avanza anche quando, un mattino, dopo avere fatto un salto a casa mia, trovo il cancello della villa di Alba aperto. Mi sembra un invito confidenziale a entrare. Dopo qualche passo la scorgo. È in vestaglia. Accucciata sotto un albero cespuglioso. Un pruno a tettoia. Resto di sasso. Ma cosa fa? Mi inginocchio e la guardo perplesso.

Dopo un attimo lei alza gli occhi, ehi, cosa mi guardi a fare?

Non sapevo che tu avessi questa bella abitudine.

La faccio tutte le mattine, quando bisogna farla.

Ah, esclamo sconcertato. E non provi, che so? un po' di vergogna, insomma un po' di inquietudine, sai, il pudore, l'etica, la morale.

Assolutamente no, ribatte lei. Quando c'è da fare, c'è da fare.

Ma non sotto gli alberi, reclamo io.

Ma è proprio sotto gli alberi che va fatta, insiste lei, sempre accucciata. E seguita a rimestare calma tra alcuni arbusti. Strappa dei ciuffi d'erba.

Ma dopo con cosa ti pulisci? Con l'erba?

Faccio la doccia, mi assicura lei.

La doccia dopo averla fatta sotto un albero?

Lei mi fissa di sottecchi, spiegati meglio.

Ma stai o non stai facendo la cacca sotto l'albero?...

Lei esplode una risata delle sue. Mi dice, ma cos'hai capito?

Che stessi facendo, be', insomma, i bisogni…

Ma no! Sto facendo pulizia tra le ramaglie. Anzi, dato che ci sei, dammi una mano. Va a prendere il carrettino e mettici dentro tutta l'erba e i rami secchi. Su, da bravo.

Eseguo come un bravo servo di scena. Invaghito della prima attrice. Dopo un po' il cuore si mette a palpitare. Per amore. E anche per la fatica.

63

La scienza, specie dall'Illuminismo in poi, ha sempre cercato di emanciparsi dalla religione, dalla quale peraltro è sorta. Comunque, elementi religiosi in essa permangono. Mi confidava un mio amico scienziato del CERN che tutte le volte che assiste alla deflagrazione di due particelle subatomiche all'interno di quel lungo budello che si chiama ciclotrone, prova un'emozione religiosa. Come se un Dio ignoto gli rivelasse la potenza energetica e misteriosa racchiusa nelle pieghe dell'universo. Anche quelle più piccole. Tu, credi in Dio?

Alba ci riflette un poco sopra, poi risponde, certo che ci credo, visto e considerato che credo nell'Amore, quello con la A maiuscola.

Siamo seduti a un tavolino del bar di Banana. Io ho davanti un orzo. Lei un caffè ristretto. Dio è Amore con la A maiuscola, specifico io.

Alba mi fissa a lungo. Si accosta al mio orecchio, perché Banana non possa sentirla e bisbiglia con un sussurro liquoroso, allora, tesoro, dimostramelo.

Lo dice San Giovanni, *Deus caritas est*.

Lo so, caro, ma tu dimostramelo lo stesso.

In che senso?

Alba mi sorrise, in senso biblico.

Banana allunga le orecchie per sentire meglio. Alba

sta al gioco e abbassa ancora di più il tono della voce. Banana allunga ancora di più le sue orecchie. Ci manca poco che si ribalti sul bancone mentre finge di strofinarlo. Per me è il momento più critico di tutta la mia battaglia d'amore. Ma le reali battaglie sono solo quelle dell'odio. Le battaglie d'amore sono metaforiche. A questo punto prendo di petto la situazione e mormoro, rivolto verso Alba, d'accordo, andiamo.

Dove? miagola lei che sa già dove voglio andare.

A fare questa dimostrazione, le bisbiglio.

Alba sorride. Il suo sorrido è meglio del viagra.

64

Sotto la tensione emotiva, le ghiandole surrenali secernano e immettono nel sangue adrenalina che fa contrarre le piccole arterie. Il cuore, sforzandosi di mantenere normale la circolazione, accelera il ritmo delle pulsazioni. La pressione sanguigna sale. La secrezione di adrenalina fa contrarre le coronarie e il muscolo cardiaco è privato del suo normale apporto di sangue. Ne risulta un dolore chiamato *angina pectoris*. A questo punto si può produrre l'occlusione di un'arteria coronarica.

Il colesterolo, elemento essenziale del sangue, è prodotto nel fegato. Quando il tasso è in eccesso il sangue si ispessisce e la circolazione diventa faticosa con conseguenze devastanti per il cuore che pompa a fatica. E può spaccarsi. So bene tutte queste cose. Nonostante tutto ci provo. A fare cosa? A fare l'amore con Alba!

Al mio primo tentativo faccio cilecca. Incappo in un blocco da ansia. Non tanto da prestazione quanto da penetrazione. Paura che l'adrenalina mi mandi il cuore in tilt. E che il colesterolo otturi i vasi sanguigni proprio nel momento culminante.

Alba, distesa sul letto, mi sorride benevola. Sarà per un'altra volta. Tesoro, devi abbandonarti.

Ho paura di restarci secco, biascico.

Tesoro, non devi pensarci.

Accidenti, Alba, ho due bypass.
Lo so, ma devi sbloccarti una buona volta.
Sbuffo, domani ci riprovo.
"Domani è un altro giorno", mi incoraggia Alba.
Vero, borbotto io, ma Vivien Leigh era femmina.
Era pazza, precisa lei, non cardiopatica.

65

Il domani è arrivato, seguito dall'indomani e dal *domanlaltro* e un altro domani ancora, e non è successo niente. Intendo in senso erotico e sessuale.

Col domani è arrivato anche uno vecchio zio di Alba. Si chiama Pietro, detto il professore. Ha frequentato l'asilo infantile per diciassette anni. Ha il pallino delle citazioni. Il fatto è che cita sempre la stessa frase. Dai tempi dell'asilo. Siamo seduti sotto il porticato della villa. Di fronte al faggio. A un certo punto lo zio mi fissa e cita, *La bellezza del giovane risulta dalla naturale armonia dei tratti del viso, quella del vecchio, così rara, dalla sua anima*. Sa di chi è?

Gabriel García Márquez?... Rispondo incerto.

Lui sbuffa, è di Alexis Carrel, Nobel nel 1912.

Con la tempestività di uno scolaro sull'orlo di una brutta votazione aggiungo, autore di un saggio famoso, *L'uomo, questo sconosciuto*. La storia di un medico ateo che si è convertito dopo un viaggio a Lourdes.

Non sei del tutto stupido, fa lo zio.

Alba sorride, mentre mi fa segretamente segno di dare corda allo zio.

La vita a due, inizia il professore, è fatta di condivisione domestica, di reciprocità. Poi domanda ad Alba, quando hai deciso di sposarti?

Non subito, risponde lei.

E cosa penserà il tuo povero marito? Ridomanda lui.

Non lo so, ribatte Alba, ma so quello che penso io e io penso che mi è bastato sposarmi una volta.

Prima o poi ci sposeremo, intervengo prontamente per non sollevare discussioni. Sa, professore, per capire meglio come va tra noi, vorrei prima di tutto lubrificare. (Ma volevo dire "consumare").

Come? Intende riferirsi ai pistoni di un motore?

Be', rispondo, sì e no. Il fatto è che il pistone del mio motore si è ingrippato…

66

A quel tempo non sapevo ancora che il pistone del mio motore si fosse ingrippato. Se l'avessi saputo, non avrei mai fatto quello che ho fatto in quella notte di maggio.

Anche se la mia memoria ha incominciato a perdere colpi, è impossibile che possa dimenticare quella notte. È stata una notte che ha segnato le nostre vite. Mia e di Alba.

Pioveva *chediolamandava*. Si erano squarciate le cateratte del cielo. Ero solo in casa e pensavo ad Alba, sola in quella sua grande villa immersa tra gli alberi frustati dalla pioggia che veniva giù di taglione. A secchiate.

Cosa faceva? Cosa pensava? Non la pioggia. Alba, intendo. Tremava? Sbiancava ad ogni saetta?

Di *puntinbianco*, mi decido. Afferro un ombrello. Il primo che mi capita sotto mano. E via di corsa, diretto verso la villa di Alba. In mezzo ai lampi e ai tuoni. Dentro le pozzanghere che l'acqua aveva formato nelle sconnessure dell'asfalto.

L'ombrello che avevo afferrato nell'impeto dello slancio era rotto. La tela pencolava da un lato. Sbatteva nel vento. Mi beccavo tutta l'acqua.

Arrivo alla villa. Pigio incessantemente il pulsante del campanello. Il cancelletto si schiude.

Alba attende sulla soglia di una porta laterale. Sotto il

porticato. Aspetta di riconoscere chi sia quel pazzo che ha avuto l'idea, pazza, di avventurarsi nel temporale.

Cosa ci fai qui? mi chiede Alba sconcertata, in una notte come questa? Sei bagnato fradicio.

Non volevo lasciarti sola, biascico io con un filo di voce. Molto umida e arrochita.

Non ho bisogno di compagnia, borbotta lei.

Io sì, pigolo come un povero pulcino bagnato.

Alba mi fissa per un attimo. Mi sembra lungo un secolo. Poi sussurra, dai, entra.

67

È così che è incominciata la nostra convivenza. È solo la convivenza che permette di capire se un rapporto può reggere nel tempo. E oltre. Da giovani o da vecchi. Non importa. Ed è l'amore che sancisce l'unione. Il matrimonio? Il sacramento protocolla lo stato coniugale davanti a Dio e agli uomini. D'accordo. Però se non c'è l'amore, il matrimonio è come se non fosse mai avvenuto. Anche se fosse stato benedetto da tre Papi. Anzi, quattro.

Ho incominciato ad andare a casa mia giusto per radere il piccolo prato sul retro, ritirare la posta, smistare i rifiuti che producevano i miei fratelli quando arrivavano. Non vogliono saperne del sistema di raccolta differenziato.

Durante quella lontana notte di pioggia, io e Alba ci siamo guardati negli occhi. A lungo. Ci siamo detti, proviamoci. E al diavolo i pettegolezzi.

Un pomeriggio siamo andati al laghetto assieme. Come due vecchi innamorati cronici.

Io pescavo. Alba, col suo bel cappellino in testa, si è seduta sul prato a leggere un mio romanzo, *La burattinaia*. Gran bel romanzo. Io mi concentro sui galleggianti. A un certo punto sento Alba che si agita. Mi giro verso di lei, stai buona, tesoro, altrimenti i pesci non abboccheranno mai.

Al diavolo i pesci! ringhia lei mentre si alza di scatto. Ho il sedere pieno di formiche.

Cavolo, impreco io, ma proprio sopra un formicaio dovevi andare a sederti?

E tu, sbraita lei, proprio vicino a un formicaio dovevi metterti a pescare?

Addio pesca. Il bello della vita assieme!

Il nostro rapporto fila liscio. Ma è inconcluso. Nel senso che non è ancora successo niente. Niente di sessuale, intendo. Solo baci e abbracci. Non mi basta. Il mio cuore e il mio colesterolo… sono loro che mi instillano la paura di non farcela.

68

C'è un bel da dire che il sesso non c'entra con l'amore. Invece c'entra, eccome se c'entra. Il sesso unisce i corpi. E i nostri corpi sono i media della comunicazione.

Per risarcirla di questa mia mancanza, un mattino, di rientro dalla piazza, le dico una frase. È da un paio di giorni che seguito a rigirarmela nella testa. Voglio che sia una frase a effetto. Un bella frase da innamorato vale come un diamante. Insomma, quasi.

Depongo il giornale sul tavolo e le dico, con il tono di voce più suadente che abbia a disposizione, tesoro mio, volevo portati una rosa, ma non ne ho trovato una degna della tua bellezza.

Alba, dapprima, mi fissa come si fissa un bambino scemo. Poi sorride e ribatte, ti ringrazio, ma di' piuttosto che ti sei dimenticato di comprarla.

Be', non proprio, aggiungo. La verità, tesoro, è che ci tenevo a dirti questa frase.

Lei si commuove un poco, è bellissima.

Ci ho messo una settimana a pensarla. E dopo che l'ho pensata, l'ho anche dovuta scrivere per non dimenticarla. Sai, la memoria non è più quella di una volta.

Caro, ma è una frase da vero innamorato. Una frase così, per me, vale come un diamante.

Quasi, farfuglio io, commosso a mia volta.

Senza quasi, ribadisce lei convinta.

Avete sentito tutti? Ci avrei scommesso. Per una come Alba una frase di questo tipo vale come un diamante. Senza quasi. Io, da vecchio, gongolo tutto. Il mio cuore rattoppato gongola anche lui. Ci sono momenti nell'amore senile in cui anche una frase diventa importante. Ma ci sono dei momenti in cui rimpiango la giovinezza per quello che sapevo fare a letto. Per questo cerco di escogitare qualche frase ad effetto. Per compensare.

69

Non sono ancora riuscito a fare quello che vorrei fare, ma che ho paura di fare per via del cuore. La paura fa novanta. La mia paura fa meno di novanta.

Una sera andiamo a una conferenza su Platone. Alba si siede nella fila dietro la mia. Dice che non vuole creare pettegolezzi. Ormai lo sanno anche i gatti che ci frequentiamo. Lei è inamovibile.

Platone ha teorizzato l'esistenza di tre anime.

L'anima *ragionevole*. L'anima *irascibile*, come dire animosa. Io, commento, essendo un'anima non può che essere animosa. I presenti mi zittiscono. Alba mi molla un calcetto nello stinco. E poi l'anima *concupiscibile*. Dal latino *cupio*, cioè desidero. È l'anima *passionale*. Chiedo alla professoressa che tiene la conferenza di delucidare quest'ultima. Lei spiega che è l'anima meno nobile dell'uomo, quella che si abbandona ai piaceri senza ragionare, senza pensare. Accidenti, penso, è l'anima che fa per me.

L'indomani mi convinco a fare agire l'anima passionale. Dico ad Alba, mentre entro nel letto, tesoro, Platone mi ha fornito lo spunto buono. Ho pensato di attivare l'anima passionale, cuore o non cuore, colesterolo o non colesterolo.

Dopo un po' di preliminari mi stendo sopra il suo

corpo. Non è più fresco. Come il mio. Ma col tempo ho imparato ad apprezzare più l'intelligenza e la bellezza interiore che quella esteriore.

Finalmente riesco a fare quello che un maschio deve fare dentro una femmina. Nello sforzo del piacere, il cuore ha tenuto. Invece non ha tenuto l'intestino. Si è messo a gorgogliare.

In tono di scusa biascico, sono le pastiglie e il calcio che assumo ogni mattina. Cara, non so come azzittirlo. Senza contare che non sono un angelo.

Alba resta zitta per un po'. Poi, da donna intelligente e col senso dell'umorismo, sbotta in una bella risata. Liberatoria. Ringrazio Platone.

70

Soltanto un cardiopatico operato al cuore può capire la gioia che si prova in questi momenti, quando un vecchio maschio si sente ancora attivo e partecipe di quella prerogativa umana pulsionale legata alla libido virile.

Alba ha capito la mia euforia. Sa di infantile. Io capisco la sua intelligenza. Sa di femminile.

Alba decide di andare al cimitero a fare visita alla tomba del marito defunto. So perché. È per via della legge psichica del risarcimento emotivo. È sempre stato così. La Vita si intreccia alla Morte. La Morte richiama la Vita. E viceversa.

La salma del marito riposa in una cappella di famiglia nel cimitero del paese. Alba depone un vaso di fiori davanti alla lapide. Accarezza la foto del marito con un gesto leggero. Bisbiglia un *requiem aeternam*. La Pace Eterna concedigli, oh Signore della Vita e della Morte. Mi unisco a lei nella preghiera.

Per me e Alba cosa chiedo al Signore? Chiedo solo un po' di amore che fecondi i giorni che ci restano da vivere. Da vecchi. Ai tempi del colesterolo.

Al paese questo è tempo di sagra. La sera stessa decidiamo di andare assieme a fare quattro passi al luna park. Guardiamo con un po' di nostalgia i ragazzi sulle giostre. Quelli che svolazzano sul calcinculo. Non è il caso di provarci. Io potrei restarci secco. Alba potrebbe vomitare l'anima. Guardiamo i giovani sull'autopista. Io e Alba ci scambiamo un'occhiata di complicità senile. Saliamo su un'automobilina e via. Ci gira subito la testa. Dobbiamo scendere.

Al tirassegno non centro un barattolo che è uno. Per compassione la ragazza mi consegna lo stesso un pupazzo. Lo dono ad Alba. Dopo tutto e nonostante tutto, l'amore ai tempi del colesterolo può ancora rendere felici. Quel tanto che basta.

71

Era come se avessero saltato l'arduo calvario della vita coniugale e fossero andati senza altre circonvoluzioni all'essenza dell'amore. Passavano il tempo in silenzio come due vecchi sposi scottati dalla vita, oltre le trappole della passione, oltre gli screzi brutali delle illusioni e i miraggi delle disillusioni:oltre l'amore.

A questa bellissima pagina di Gabriel (ormai è diventato solo Gabriel, come un vecchio amico di peregrinazione letteraria) posso aggiungere: oltre gli scherzi del cuore e il tasso di colesterolo.

Perché avevano vissuto insieme quanto bastava per accorgersi che l'amore era l'amore in qualsiasi tempo e in qualsiasi parte, ma tanto più intenso quanto più era vicino alla morte.

A quest'altra bellissima pagina di Gabriel posso aggiungere: quanto più era vicino alla morte e a Dio, che è Amore infinito. A volte incomprensibile.

E a proposito di ciò che alla fine del romanzo di Gabriel il capitano del battello chiede a Florentino Ariza, ovvero, *e fino a quando crede che possiamo continuare con questo andirivieni del cazzo?*, e di ciò che Florentino Ariza, *che aveva la risposta pronta da cinquantatré anni, sette mesi e undici giorni, notti comprese* risponde, vale a dire, *per tutta la vita*, io posso soltanto precisare riportando pari pari la frase in cui Márquez fa dire al capitano: *Poi guardò Florentino Ariza, la sua padronanza invincibile, il suo amore impavido, e lo turbò il sospetto tardivo che è la vita, più che la morte, a non avere limiti.*

A questo punto posso essere quel vecchio orso spetazzone che sono diventato.

E posso sussurrare ad Alba, tesoro, dimmi che mi ami. Tesoro, dimmelo spontaneamente. E lei può sorridere e dirmi, come vuoi tu, caro, ti amo, e te lo dico spontaneamente.

72

Due giorni fa ho in crociato Cocoricò. L'uomo della ex badante della mamma di Alba. Girava per il paese con tre cocorite sulle testa.

L'ho fissato perplesso. Tre cocorite? Non gliene bastava una?

Lui, come avesse captato la mia titubanza, mi ha sorriso, gorgheggiando giulivo, aspetto un figlio, sono felice, non avrei mai immaginato di essere capace di fare un figlio, alla mia età.

Se è femmina, scommetto che la chiami Cocorita.

Lui sbotta in una risatina. Cocoritesca.

E se è un maschio, invece, aggiungo io, scommetto che lo chiami Cocorito.

Lui si mette a ridere di nuovo. Di nuovo con una risatina cocoritesca. La simbiosi non potrebbe essere più simbiotica.

E a te, fa lui mentre cerca di tenere in equilibrio le cocorite che agitano le ali sbilenche sui suoi capelli, come va con Alba?

Siamo tutte e due colesterolizzati, ma ci vogliamo bene. Ritaglio una breve pausa, poi aggiungo, ho intenzione di portare in giro un pappagallo.

Sulla spalla?

Sulla testa, rispondo. Non voglio che il mio amore per

Alba sia inferiore al tuo per Tatiana.

Ci mettiamo a ridere. Come due ragazzini stupidi. Stupidi, ma innamorati. Lui con le sue cocorite in testa. Io col mio colesterolo nel sangue.

Passa Danilo, l'ingobbito che non è gobbo. Ci fissa. Tentenna il capo in segno di compassione. E declama, il riso abbonda sulle labbra degli stolti.

Lo guardo meravigliato.

Cos'hai da guardarmi? Mi chiede lui, perplesso.

Ehi, Gobbo, stavolta l'hai detta giusta.

Io le dico sempre giuste, ribatte lui. E se ne va.

A testa alta. Non più ingobbito. Miracolo!

73

Tocca a Droga iniziare a far circolare la voce sul possibile matrimonio. Un giorno si presenta in bottega la Bosona per due etti di grana, ma di quello buono, mi raccomando. E Droga le insinua, mia cara Bosona, presto ci tocca mangiare i confetti.

La Bosona, che, per sua natura, non ha bisogno di ulteriori precisazioni, abbozza una smorfia che è quasi un sorriso, cara la mia Droga, io l'ho saputo fin dal primo abbaiare dei cani che quei due si sarebbero sposati.

Ma cosa dice Banana? Quello che deve dire ad Aldo Caramella, il saggio, detto Rosmarino; che in effetti è una domanda. Gliela rivolge mentre il sapiente si gusta il suo bianchino. A sorsi. Tu cosa ne pensi? Gli chiede Banana, dici che durerà?

Rosmarino ci pensa sopra, poi emette la sentenza, io penso che non lo so, lo sanno solo loro.

Giusto, annuisce Don Anselmo, il parroco che è entrato in quel momento, lo sanno solo loro, e Dio.

E mentre impartisce la tradizionale benedizione alla casa della Dosolina, detta Lina per non dirle Doso, il parroco predica, tra un Pater e un Ave, quei due devono sposarsi, altrimenti andranno all'inferno. La Lina annuisce e lo va a riferire alla Gina, una del gruppo delle passeggiatrici. Nel gruppo inizia a serpeggiare la notizia. Io e

Alba siamo destinati all'inferno. Il professore, ateo in forza della sua cultura cattolica, ridacchia e, mentre ordina dei calmanti, lo dice alla farmacista, la quale lo riferisce al Ruttatore, il quale emette un lungo rutto insonorizzato per non infastidire i presenti. Ma è ancora compito di Danilo, il gobbo, fare la sintesi del paese-pensiero.

Sentenzia, chi vivrà, si sposerà.

Voleva dire, "Chi vivrà, vedrà". Ma fa niente.

74

Stanotte mi sono svegliato di soprassalto in preda a uno squassamento sismico. Il cuore, ho pensato subito con un rantolo. Infarto. Il tremore e il terrore non dipendevano dal cuore. Dipendevano da Alba. Mi stava scuotendo per una spalla.

Russi, russi, seguitava ad alitarmi sul viso.

Cosaaa? Ho farfugliato ancora mezzo addormentato.

Caro, russi, sembri il nostro pianoforte scordato.

Non ti credo, ho biascicato, io non sento niente.

Giuro, ha sbuffato lei.

In che tonalità? Le ho domandato in tono beffardo.

Due giorni dopo Alba ha invitato a cena Matteo, un pianista formidabile. È soprannominato Mozart.

Perché hai invitato Mozart a cena? Le ho chiesto. Alba si è limitata a sogghignare. Dopo cena Mozart si è messo al pianoforte. Si trova nello studio. È un pianoforte con un do diesis stonato. La bravura di Mozart supplisce a questa deficienza tonale.

È stata una serata musicale stupenda. Nonostante quel do diesi stonato. Grattava la nota. Alla fine delle esecuzioni Alba ha detto a Mozart, senti un po', caro Mozart, in che tonalità russa?

Chi, Chopin o Schubert? ha chiesto Mozart.

Ma no, lui, ha risposto Alba indicandomi.

Fammi sentire un po' come russi, mi ha ingiunto serio serio Matteomozart. E ha teso l'orecchio.

Ma dai, che cavolata è questa?

Alba ha insistito, su, tesoro, fai sentire a Mozart come russi, dato che ieri notte non mi hai creduto.

Insomma, ho dovuto imitare me stesso mentre russo.

Matteomozart, dopo aver ascoltato con attenzione, ha sentenziato, russi in do diesis. Come quello del pianoforte. Un do diesis carta vetrata. Orribile.

Alba ha ridacchiato, adesso mi credi? Se succede di nuovo ti ho già preparato il divano, tesoro.

Ah, le gioie del talamo senile!

75

Adesso sono qui, a letto. Mi sono svegliato da poco da un sonno senza scossoni. Mi stiro la pelle come un vecchio gatto soriano. Una spera di sole penetra nella stanza da un pertugio della porta finestra. Sento Alba che sfaccenda in cucina. E penso che l'amore è bello. Semplicemente stupendo. A tutte le età. Ai tempi delle mele. Ai tempi del colera. Ai tempi del colesterolo... Perché l'amore è la vita. Anche se l'amore, a questa età più che matura, è diverso. Non è l'amore degli slanci e degli impeti agitati dei vent'anni. È di tipo più cosciente. Ha il sapore del buon vino. Quel vino d'annata. Fermo. Stagionato. Tranquillo. Ma non per questo meno gustoso del vino frizzante.

L'amore alla nostra venerabile età è percorso dalla dolce consapevolezza che il suo calore ti accompagnerà sino alla fine dei giorni. Per tutti i giorni che ci resteranno da vivere su questa terra, prima di decollare per l'aldilà.

Un giorno sì e uno no tra noi ci scappa un litigio, tanto per non farci imbalsamare l'uno dall'altra. Tanto per non cadere nella monotonia opaca della passiflora esistenziale. E tanto per non essere secondi l'una nei riguardi dell'altro, ma neppure per essere primi, perché una docile sottomissione ci annoierebbe. Non litigare sarebbe un non senso della reciproca appartenenza coniugale. Almeno un pochino. Perché la convivenza non sia un banale stare assieme, ma possegga la temperatura di un rapporto dialettico. Però i nostri litigi hanno il retrogusto del miele.

In quanto al matrimonio, ci sposeremo quando ci sposeremo. Stasera aspettiamo i mie fratelli per la cena.

Amore, chiedo ad Alba con voce di rimpianto, perché non ci siamo conosciuti vent' anni fa?

Perché adesso saremmo ai ferri corti, risponde lei. Dai, tesoro, seguita a grattare il formaggio.

Gilgamesh Edizioni

ENKI – Collana di Saggistica

Riccardo Gobbi, *Dal circolo vizioso al circolo virtuoso*
Corinna Tania Gallori, *Il Monogramma dei Nomi di Gesù e Maria*
Rino Cammilleri, *Il Kattolico 3*
Roberta Lugoli, *La Mente Cosmica – Una metafisica del pensiero*
Riccardo Gobbi, *Memoria e conferme su Dio e sulla fede*
Alberto Figliolia, *El folber e altri destini – Storie e avventure di sport*
Fausto Bertolini, *Gesù e il Super-Io*
Michele Garini, *MESSA così è tutta un'altra cosa – Rito, esperienze, suggestioni*
Francesco Burlini, *Eresie ambientaliste*
Fabio Terraroli, *Leggende di Lonato*

NIDABA – Collana di Filosofia

Luca Cremonesi, *La filosofia della natura nel* De incantationibus *di Pietro Pomponazzi*
Ivan Pozzoni (a cura di), *Frammenti di cultura del Novecento - Nietzsche, Vailati, Simmel, Schlick, Arendt, Zubiri, Bateson, Dell'Oro, Warburg, Dávila, Garin, Melandri raccontati da dodici filosofi contemporanei*
Primavera Fisogni, *Ontologia della speranza*

ANUNNAKI – Collana di Narrativa

Marco Zucchini, *La vuelta al perro*

Fausto Bertolini, *Negli occhi delle donne – Vita sentimentale di Cartesio*

Daniele Vazquez, *La comunità dei sogni*

Fausto Bertolini, *Telebordello – Storie da far rizzare l'antenna*

Silvia Peroni, *Cruciverbar*

Marco Pinzi, My *Sehnsucht - Diario segreto di Jonathan Tonson 1848-1850*

Maurizio Ferrante Gonzaga, *Assalto al castello*

Mariarosaria Capaccio, *Il mare all'improvviso*

Luigi Schifitto, *L'uomo con lo zainetto*

Leonardo Marzorati, *Frustrati – Uomini e donne che non hanno conosciuto l'amore*

Mauro Acquaroni, *Piccioni*

Carolina Giorgi, *La rosa di Ledmore Vale*

Anna Viale, *La camera celeste*

Ana Kramar, *Il ritorno – Storie Migrabonde*

Angel Luìs Galzerano, *Cronache sentimentali di un italiano a metà*

Floriano Rubiano Fila, *Appuntamento tra due anni*

Silvia Savoldi, *Occhi sul domani*

Carla Menaldo, *Il re del tango*

Fausto Silva, *Il grande firlinfù*

Paola Maggi, *Sagoma di cartone*

Guido Manuli, *Lassù qualcuno mi ama?*

Lisa Ben, *Chicche spudorate*

Adriano Bernasconi, *Omocrazia*

Sara Bellingeri, *Cartoline dal muro*

Stefano Iori, *La giovinezza di Shlomo*
Massimo Forte, *Peccato averla già consegnata*
Fausto Bertolini, *L'amore ai tempi del colesterolo*
Mauro Novellini, *Re infecta*
Carla Magnani, *Acuto*

ISHTAR – Collana di Poesia

Ermanno Prandini, *Fienagione*
Ana Kramar, *Il passaggio fra le mani*
Rosalba Le Favi, *Grandi farfalle*
Rita Calciolari, *Solo per amore*
Ivana Magri, *Echi d'anima*
Augusto Bolther, *Labirinti di luce*
Silvia Savoldi, *Il silenzio che parla al cuore*
Rita Calciolari, *Questa terra di nessuno*
Andrea Garbin, *Croce del Sud*
Giulia Deon, *Frammenti Sparsi*
Carlo Sturani, *Nuvole con lunghe dita*
Angela Fornacciari, *Tracce nel cuore*
Giulia Deon, *Piccolo Bestiaire*
Carlo Sturani, *In Guerra*
Paolo Savani, *La ricerca dell'aria dalla A alla Z*
Giulia Deon, *Omaggio naturale*
Sara Andreoli, *Volti e suole – Poesie e un racconto breve*
Monica Palma, *senza fini di logos*
Carlo De Raffaele, *Luci notturne*
Giulia Deon, *Poesie a regola d'arte*
Carlo Sturani, *suonoSettenari*

Finito di stampare nel marzo 2015
per conto della Gilgamesh Edizioni
presso lo stabilimento di
Via Galileo Galilei, 15/1
Lavis (TN) - Italy